徳間文庫

汚染海域

〈新装版〉

西村京太郎

徳間書店

目次

第一章 少女の死

1

その少女からの手紙が、事務所に届いたとき、弁護士の中原は、大きな仕事を引き受けていた。大きなというより、儲《もう》かる仕事といった方が正直かも知れない。

中原は、若手の民事弁護士としては、切れるという評判だったし、良心的な仕事をする方だが、それでも、金にならない、いわゆる良心的な仕事ばかりをやっているわけには、いかなかった。

時には、気に入らないが、金になる仕事も引き受けなければ、事務所を維持していけなくなってしまう。だから、梅津ユカという少女からの手紙は、気になりながら、つい後回しにしてしまったのである。

その「大きな仕事」が一段落して、行きつけの喫茶店で、コーヒーを飲みながら、備え付けの新聞を広げたとき、中原は、愕然《がくぜん》とした。

彼は、その新聞をわしづかみにすると、呆気《あっけ》にとられているウエイトレスを尻目に、店を飛び出した。

事務所のドアを蹴破《けやぶ》るようにして中に入ると、秘書の高島京子が、眼を丸くして、

「先生。どうなすったんです？」

と、中原を見上げた。

「一週間ばかり前に、西伊豆の梅津ユカという娘さんから、手紙が来ていたな？」

中原は、荒い声を出した。

「ええ。先生にもお見せした筈ですわ」

「その手紙を、もう一度見たい」

「キャビネットに入ってますけど。でも、どうなさったんです？　あの手紙には、ゆっくり返事をすればいいとおっしゃってたじゃありませんか」

「それが間違ってたんだ。とにかく出してくれ」

京子は、首をかしげながら、立ち上がり、キャビネットのファイルから封書を取り出して、中原の前に置いた。

安物の封筒の表に、「中原正弘先生」と書いてある。その先生の文字が、今は、彼を新しい自責にかりたてる。

中原は、なかの手紙を取り出して広げた。一万円の金額が記入された郵便為替が添えてあった。

先生が、立派な弁護士さんだとお聞きしたので、助けて頂きたいと思い、ペンを取りました。

私は、西伊豆の七ヶ浦に住む十七歳の娘です。二年前から、錦ヶ浦の工場で働いていますが、最近、身体の具合が悪く、しょっちゅう、ぜんそくの発作に悩まされています。私は、仕事のせいだと思うので、会社の方に、補償をお願いしているのですが、会社は、入院するのなら退職させるといいます。

家には、病身の母と、祖母しかいませんので、私が入院したりすると、すぐ生活に困るのです。それで、先生にお願いするのですが、会社から補償金が貰えるようにして頂けませんか。

弁護士の先生に、お手紙を差し上げるのは生まれてはじめてです。お金が沢山かかるという友だちもいますが、私には、そんなに沢山のお金はありません。同封した一万円は、今、私の持っている全財産です。

梅津ユカ

中原正弘先生

読み終わると、中原は、丁寧にたたんでポケットに入れた。

「これから、西伊豆へ行ってくる」

中原がいうと、京子は、壁の時計に眼をやって、

「これからですか？　向こうへ着いたら、夜になってしまいますよ。先生」

「わかってる。一刻も早く、向こうへ着きたいんだ」

「その娘さんの依頼を引き受けることになさったんですね」

「そうならいいんだが、おれは、これから責任を取りに行くんだ」

「責任って、何のことなんです？」

「まあ、これを読んでみたまえ」

中原は、喫茶店から持ってきた新聞を、京子の前に投げ出した。

「その新聞の社会面の隅の方だ」

「そこに、先生をびっくりさせるようなことが出ていたんですか？」

京子は、微笑しながら新聞を広げた。だが、その微笑は、すぐ凍りついてしまった。

〈四月十日静岡発〉伊豆七ヶ浦の梅津ユカさん（一七）が、観光船「竜宮丸」から投身自殺した。ユカさんは、二年前から、ぜんそく気味だったが、公害病とは認定されず、入院すると会社をクビになることを苦にしていたので、それが自殺の原因とみられている。

京子が眼をあげて、中原を見た。中原は、腕時計に眼をやった。

「でも、彼女が死んだのは、先生の責任じゃありませんわ」

と、京子がいった。

中原は、首を横にふった。

「いや。おれの責任だ」

2

沼津へ着いたときは、もう夜になっていた。七ヶ浦へは船便もあったが、終便が出てしまったあとだった。

中原は、七ヶ浦までタクシーを飛ばした。

「七ヶ浦みたいな小さな漁村に、何の用があるんです?」

と、運転手は、不思議そうに、中原に話しかけた。

「途中の錦ヶ浦の方が、ずっと面白いですよ。コンビナートが進出してからは、バーやストリップ劇場も出来たし、ホテルも一軒、立派なのが出来ましたよ。芸者だって、近くから呼べば、喜んで飛んで来ますよ」

「しかし、錦ヶ浦は、公害で大変なんだろう?」

中原が訊くと、若い運転手は、「公害ねえ」と、首をすくめた。

「中には、騒いでいる奴もいますがね。あれだけ金が落ちるんだから、多少のことには眼をつぶらなきゃあ」

運転手は、騒ぐ方が悪いような口ぶりを見せた。恐らく、錦ヶ浦にコンビナートが進出したことで、タクシー運転手として水揚げが何パーセントか増えたのだろう。だが、中原には、眼の前の若い運転手を批判する気にはなれなかった。中原自身、日頃から公害問題に関心があると自認していたつもりだったのに、十七歳の少女の追い詰められた心情を理解することができなかったからである。その点だけを考えれば、中原も、運転手と同じなのだ。

七ヶ浦には、十二時近くに着いた。

運転手のいったとおり、小さな漁村だった。折りよく、明るい月が出ていて、その青白い光が、静かな漁村を照らし出していた。夏のシーズンになれば、東京からの海水浴客で賑《にぎ》わうであろう浜辺も、四月上旬の今は、ひっそりと静まり返っている。

中原は、旅館を見つけて、泊まった。気持としては、すぐにでも、自殺した梅津ユカの家を訪ねたかったのだが、こんな夜半では、かえって迷惑だろうと思ったからである。

翌日、朝食をすませるとすぐ、中原は、旅館を出て、梅津ユカの家を訪ねた。

彼女の家は、浜辺の近くにあった。狭い庭には、漁の道具が並んでいたが、それは、もう長いこと使われずにいるように見えた。

玄関は閉っていた。

案内を乞い、重い格子戸をあけると、線香の匂いが、中原を包んだ。

正面に祭壇が見え、その前に、六十歳くらいの老婆が、うずくまっていた。梅津ユカの手紙にあった祖母であろう。

「東京から来た中原という者です」

と、彼が名刺を差し出しても、老婆は、ぼんやりした、虚脱した眼で、中原を見るだけだった。

「ご焼香させて頂きたいのですが――」

と、中原がいうと、はじめて、老婆は身体をずらして、「どうぞ」と、小さな声でいった。

中原は、遺影の前に進んだ。黒いリボンで飾られた梅津ユカの写真は、彼が想像していた以上に、若々しかった。その翳《かげ》りのない笑顔を見るのは辛かった。眼を伏せ、焼香をすませてから、向き直って、老婆を見た。

老婆は、まだ、彼の名刺を取って見ようともしていない。

「僕は、弁護士です」

と、中原は、老婆に向かって話しかけた。

「ユカさんから、死ぬ一週間前に手紙を頂きました」

「手紙を？」

と、ぼんやりしていた老婆の顔に、生気がよみがえるのが見えた。「そうです。手紙です」と、中原は肯《うなず》いた。

「病気のことで、僕の助けが欲しいと書いてありました。公害病と認定して貰いたかったのだと思います。丁度、別の仕事を手がけていたものですから、返事を差し上げなかったですから、ユカさんの死には、僕にも責任があるのです」

「そんなことは――」

「いや。僕の責任です。それで、僕にできることがあれば、どんなことでも、させて頂きたいのです」

「そうおっしゃられても――」

「ユカさんは、自殺だが、もし、公害病だったら、公害に殺されたといってもいい。工場や県に抗議すべきです。僕が力を貸します。告訴なさるのなら、僕が引き受けます。僕にやらせて貰いたいのです」

「でも――」

「でも、何です？」

「あの子は、本当に、公害にやられたんでしょうか？」

老婆は、おずおずと訊いた。中原は、かすかな苛立《いらだ》ちを覚えた。何故、もっと怒りを剝《む》き出しにしないのだろうか。悲しみが大き過ぎて、怒りを押し潰してしまっているのか。それとも、古い彼女の生き方が、怒りをどう表現していいかわからなくさせているのだろうか。

「ユカさんは、生まれつきぜんそくの持病があったんですか？」

「とんでもない」

老婆は、陽焼けした顔を、強く横にふった。

「じゃあ、錦ヶ浦の工場で働くようになってからですね？」

「ええ。新太陽化学さんにおつとめするようになってからなんです。おつとめを始めたのは二年前ですけど、よく咳《せき》をするようになったのは、今年になってからです。いつも、とても苦しそうで」

「ユカさんは、身体の弱い方でしたか」

「いいえ。漁師の娘ですから、丈夫な方でした」

老婆は、低い声でいう。中原は、もう一度、遺影に眼をやった。少女の写真は、いかにも健康そうな白い歯を見せて笑っている。

「それなら、やはり、公害にやられたんです」

中原は断定するようにいった。

「そうでしょうか――」

老婆の声は、まだ遠慮がちだった。だが、その顔は、卑屈ではなかった。この純朴な老婆は、漠然とした公害というような相手と、どう戦ってよいのかわからないだけなのだろう。それに、自分の怒りを、どう表現していいのかわからないだけなのだ。中原は、そう思った。

「そうですよ」

と、中原は、語気を強めていった。

「ユカさんは自殺だが、殺されたのと同じことです。会社の責任者と、県の責任者を告訴すべきです。よければ、僕がその仕事を引き受けます。いや、やらせて下さい」

「あの――」

と、老婆は、ためらいがちに言葉をはさんだ。

「何です?」

「告訴をすれば、会社からお金を頂けるんでしょうか?」

「お金ですか?」

「駄目でしょうか? やっぱり――」

「いや。そんなことはありません。僕が、補償金を貰ってあげます」

「お金がないと、どうしても困るんです。嫁は病気ですし――」

老婆は、言葉を切り、奥へ眼をやった。そこに病人が寝ているのだろう。

老婆は、低い聞き取りにくい声で、働き盛りの一人息子が、四年前に、海で漁をしていて、突風に遭って死んだこと、自殺した孫娘も、錦ヶ浦の工場に働きにやりたくはなかったのだが、どうしても働いて貰わなければならなかったことなどを話し、最後には、ひょっとすると、孫娘を自殺に追いやったのは、わたしかも知れないと、老婆は自分を責めた。

そうした老婆の言葉は、そのまま、中原を責める言葉でもあった。

「自分を責める必要はありませんよ」

と、中原はいった。責められるべき人間は、他にいくらでもいる筈なのだ。

「僕に委《まか》せてくれますね？」

「でも、わたしどもには、弁護士さんにお払いするお金はありませんし――」

「ユカさんからもう頂いていますよ。それも十分すぎるほどにです」

と、中原はいった。

3

中原は、七ヶ浦の小さな桟橋から、錦ヶ浦行の船に乗った。

「竜宮丸」と名付けられた観光船である。船首に竜の形の飾りつけがあり、全体が朱色に塗られていた。

竜宮丸は、三十人も乗れば満員になる小さな船だが、観光シーズンを外れているせいか、乗客はまばらだった。

海の風は冷たかったが、中原は、船首に近いところに腰を下ろした。

彼は、厳しい表情になっていた。ユカの祖母、梅津トクには、必ず告訴に勝ってみせると約束した。だが、それが易しい仕事でないことにも、中原は気がついていた。公害事件ほど難しい事件はない。因果関係の証明は難しいし、ひどく長引くことも覚悟しておかなければならない。梅津ユカのぜんそくにしても、それを公害病と証明できるかどうか、中原にも自信はないのだ。だが、やらなければならない仕事だった。

錦ヶ浦が近づくにつれて、海面に褐色の油膜が広がっているのに気がついた。タンカーがたれ流した廃油だろう。

海そのものも、汚れていた。透明度が驚くほど低くなっている。空も、どんよりと重かった。

中原は、眉をしかめて、近づいてくる石油タンク群や、林立する工場の煙突を眺めた。

彼は、十何年か前に、ここに釣りに来たことがあった。小さな漁港で、海がきれいだったのを覚えている。それが、今、完全に変貌《へんぼう》して、中原の眼の前に現われていた。

ひっそりと静かだった錦ヶ浦湾は、掘り起こされ、巨大なコンクリートの埠頭《ふとう》が、沖に向かって突き出していた。その埠頭には、一万トンクラスのタンカーが、横付けになっていた。しかも、埠頭は、まだ延長工事を行なっている。

中原を乗せた竜宮丸は、巨大なタンカーの横を、肩をすぼめるように通り抜け、港の隅にある粗末な木製の桟橋にたどりついた。ここでは、観光船は、完全に脇役でしかないように見える。

中原は、船をおりた。桟橋横の海面は、東京湾ほどではないが、茶褐色に汚れ、臭気が漂っている。昔も、ここには臭気があったが、それは、楽しいクサヤの干物の匂いだった。今、湾内を支配している臭気には、何の楽しさもない。

それでも、湾内には、何隻かの小舟が出て、老いた漁師が釣糸をたれているのが見える。茶褐色に汚れた海で、一体、何が釣れるのだろうか。

中原は、町の中心に向かって歩いて行った。磯の香が漂い、両側にクサヤの干物が並んでいた道は完全に舗装され、車がわが物顔に走り回っていた。パチンコ店やバーが、やたらに眼につく。前には一軒もなかった店だった。ゴム草履姿の若い工員が、ぞろぞろと歩いている。丁度、工場が昼休みらしい。その工員が目当てらしい安普請のアパートが、ニョキニョキ建っていた。荒々しい活気と、安っぽさが入り混じった。いかにも新興工業地帯といった感じだった。

中原は、近くにあった食堂で昼食をとった。昔は、美味い魚料理を安く食べさせてくれたものだが、今は、東京の街中と同じものしかメニューになかった。

中原は、味気ない昼食をすませると、まず、港の近くの駐在所に寄って、梅津ユカが投身自殺したときの模様を訊いてみた。

中原が、弁護士の名刺を示してから、梅津ユカの名前を口にすると、この土地の人間らしい中年の巡査は、浮かない顔になって、

「あれは、どうも嫌な事件でしたよ」

と、肩をすくめた。

「新聞によると、竜宮丸から身を投げたそうですね?」

「そうなんですよ。それも、船が、錦ヶ浦湾に入ってから飛び込んだんですわ」

「ほう」

「それで、いろいろと憶測が乱れ飛びましてね。若い娘が自殺するなら、普通、きれいな所で死にたがるものでしょう。それなのに、わざわざ、海が汚れたところへ飛び込んだんですから、あれは、会社と県への当てつけだろうとか、抗議の自殺だとか、いろいろいわれました」

「実際は、どうだったんですか?」

「そこのところは、まだわかりませんなあ。覚悟の自殺だったことは確かですが」

「覚悟のというと、遺書でも見つかったんですか?」

「いや。遺書はなかったようですがね。あの娘は、会社の寮に入っていたんですが、あの前日、わざわざ休暇をとって、七ヶ浦の自宅へ帰っていますし、寮の友だちに、毎日が苦しくて仕方がないと洩《も》らしていたそうですから」

「新太陽化学という会社だそうですね？」

「ええ。三年前に進出してきた会社ですわ」

「新太陽化学というと、太陽重工業と関係があるのかな？」

中原が呟《つぶや》くと、巡査は、その子会社の一つだと教えてくれた。

（すると、相手は、太陽コンツェルンか）

と、中原は、一度だけ会ったことのある太陽重工業社長・佐伯大造の顔を思い出した。

佐伯は、噂《うわさ》の多い男である。財界のタカ派と評する人もいれば、最も進歩的な財界人だという人もある。趣味の広い男としても有名で、特に、絵の腕前は、玄人はだしといわれている。中原が、佐伯に会ったのも、財界人ばかりの画展でだった。

「弁護士さんは、どこからいらっしゃったんですか？」

と、巡査が訊いた。中原が、七ヶ浦から来たというと、巡査は、一寸うらやましそうな表情を作った。

「七ヶ浦は、まだ海がきれいでいいですな」

と、いってから、巡査は、錦ヶ浦湾に眼をやった。

「ここも昔はきれいで、非番のときは、よく釣りをしたもんです。しかし、こう汚れたんじゃあ、釣りをする気になれませんよ」

「しかし、漁師は、舟を出していますね」

「老人ばかりですよ。若い連中は、みんな工場に働きに行ってます。楽だし、金になりますからね」

「あんなに汚れていて、魚がとれるんですか？」

「まあ、漁獲量は、昔の半分もいかんでしょう。わたしの親戚も漁師ですが、魚が油臭くて、高く売れんとこぼしていますよ」

「漁業補償は貰ったんでしょう？」

中原が、弁護士らしい質問をすると、巡査は、難しい顔になって、

「それが、すっきりといかんで、ずっともめてるんですよ」

「しかし、現実に、海は汚れているし、漁獲量も減っているんでしょう？」

「海が汚れたことと、漁獲量が減ったことと関係があるかどうか、それを証明するのが難しいんですな。漁師は、海が汚されたから漁獲量が減ったというが、企業側は、若者が勤めに出て、老人ばかりで漁をしていれば、減るのは当然だというわけですよ。それに

――」

と、巡査は、苦笑してから、

「去年の夏、錦ヶ浦湾で、アオヤギがめちゃくちゃに獲れたんですわ」

「アオヤギというと、俗にバカ貝という奴ですか？」

「そうです。錦ヶ浦でアオヤギが獲れたことなど一度もなかったのに、去年は、やたらに獲れましてね。漁師たちが、こんなことは生まれてはじめてだと、びっくりしていたくらいです。百万円くらいの水揚げがあったんじゃないですか」

「それで、企業側は強気になったというわけですね」

「そうなんですよ。本当に海が汚染されているのなら、アオヤギだって死ぬ筈だというわけです。まあ、それに、漁師の方も、ジレンマがありましてね。公害、公害と騒ぐと、魚が売れなくなりますからねえ」

巡査は、錦ヶ浦湾に眼をやったままの姿勢でいった。

企業が、漁民に対して強い姿勢で出ているとすれば、梅津ユカの死に対しても、同じ態度に出ることは、当然、予想される。中原は、辛い戦いになるのを覚悟した。

「ところで、新太陽化学には、どう行けばいいんですか？」

と、中原は、巡査に訊いた。

4

新太陽化学は、河口の近くにあった。三年前に進出して来たというだけに、工場は真新しく、前庭には芝生があって、モダンな雰囲気を感じさせたが、中に入ると、化学工場特有の臭気が鼻をついた。

中原は、梅津ユカの代理として、人事課長に面会を求めた。

中原と同じ三十七、八歳の人事課長は、緊張した顔で、彼の前に現われた。弁護士という中原の肩書が、相手を警戒させたのだろう。

「弁護士さんが、何のご用ですか？」

と、人事課長は、中原の顔と名刺を見比べるようにして訊いた。

「ここで働いていた梅津ユカさんの死を、会社としてどう考えておられるのか、それを伺いたいと思って来たのですがね。もっとはっきりいえば、会社としての責任を、どう考えているのか、それを伺いたいのですよ」

中原が、切り込むようにいうと、相手は、あいまいな微笑を浮かべて、

「会社の責任？　何のことですか？　それは」

すね？」

「彼女が、ぜんそくに苦しんでいたことは、人事担当者として、当然、ご存知だった筈で
「そりゃあ、まあ」

「彼女のぜんそくは、明らかに、公害によるものです。四日市ぜんそくにならっていえば、
錦ヶ浦ぜんそくと呼んでもいい。それなのに、会社側は、入院すれば馘《くび》にするといって脅した。それが、彼女を絶望に追いやり、自殺させたといってもいい。また、この化学工場は、汚染源の一つでもある。つまり、新太陽化学は、彼女にとって、二重の加害者だったことになるのですよ。公害を発生させているという点で、彼女のぜんそくの原因となり、それを認めようとせず、彼女を自殺に追いやったという二重の罪を犯している。責任をとらなければならない理由は、十分にあるわけでしょう？」

中原は、相手を、まっすぐに見つめていった。

人事課長は、また薄笑いを浮かべた。

「どうも弱りましたなあ。うちの担当医は、カゼをこじらせただけだと診断したんですから、私どもとしては、それを信じるより仕方がない。うちの担当医だけじゃない。ここには、立派な町立病院がありますが、そこの医者も、同じ診断を下しているんです。それに公害といわれるが、うちは勿論《もちろん》、このコンビナートでは、どこの工場も、ちゃんと、政府

の作った基準を守って操業していますよ。ですから、他人《はた》からとやかくいわれることはない筈ですがねえ」

中原のもっとも嫌いな、いんぎん無礼な喋り方だった。きっと、この男は、新太陽化学では、エリートコースにいるのだろう。

「会社は、責任を取らないというわけですね？」

「取る必要がないというのが、正確でしょうね。勿論、二年間働いて貰ったんですから、退職金は払います。勤続一年について本俸の一ヶ月分ですから二ヶ月分。あなたが、正式な代理人なら、今、お支払いしてもよろしいですが」

「どうも、あんたのような下っ端じゃわからんらしい」

と、中原は、わざと相手を怒らせるようないい方をした。案の定、人事課長の顔から薄笑いが消え、引きつったような表情になった。

「私は――」と相手は、小さく咳払いをした。「私は、人事の責任者として、お答えしている」

「成程ね。そうすると、梅津ユカの死について、責任を取る気はない、責任を感じないというのが、新太陽化学の方針と受け取っていいということですね？　別のいい方をすれば、それが太陽コンツェルンの方針だと」

「太陽コンツェルン？」

人事課長は、びっくりした顔で、中原を見た。エリート社員でも、この男には、太陽コンツェルンは、あまりにも大き過ぎる存在なのだ。

「そう。太陽コンツェルンですよ」

と、中原は、ニヤッと笑って見せた。

「こちらとしては、太陽重工業社長の佐伯大造氏を、告発せざるを得なくなりますからね。それでもいいというわけですね？」

「本当に、そんな馬鹿なことをするつもりですか？」

人事課長は、蒼《あお》ざめた顔になっていた。恐らく、問題が大きくなったとき、自分の責任問題になるのが怖いのだろう。

「やりますよ。僕は、喧嘩《けんか》が好きな人間ですからね」

中原は、脅かすようにいい、相手の硬直した顔を後に、応接室を出た。

これで、あの小心な人事課長は、自分一人の才覚で処理しておくのが恐ろしくなり、上司に相談するだろう。新太陽化学の社長の耳にも届くかも知れない。それが、中原の狙《ねら》いだった。

工場を出ると、中原は、一寸考えてから、バスで県庁のあるS市へ向かった。

一番うしろの席に腰を下ろし、バスが、錦ヶ浦を出たところで、ふり返って見た。

丁度、錦ヶ浦の上空だけが、暈《かさ》をかぶったように、スモッグに蔽《おお》われていた。町の中にいたときには、ある意味で、活気のある工業地帯の印象だったのだが、離れて眺めると、重いスモッグに押し潰されている感じだ。明らかに、公害の町になってしまっている。

県庁では、環境衛生部長に面会を求めたが、公害研究に外遊中とかで、会ってくれたのは、次長だった。次長にしろ、会ってくれたのは、新日本弁護士会会員の名刺の力だったかも知れない。

初老に近い小柄な役人だった。

中原は、単刀直入に、

「錦ヶ浦で、梅津ユカという十七歳の娘が、公害病から自殺したのはご存知ですね？」

と訊いた。

次長は、「新聞で読みましたよ」と、いった。

「しかし、公害病というのは、何かの間違いでしょう。錦ヶ浦には、公害は発生していない筈ですからねえ」

「何故、そういい切れるんです？　彼女は、明らかに公害から気管支ぜんそくをわずらっていたのですよ。その苦しさに耐え切れなくなって、自殺したのですよ。彼女が自殺したあと、錦ヶ浦に調べに行かれましたか？」

「いや。別に行く必要は認めませんでしたからねえ」

「しかし、環境衛生部というのは、住民を公害から守るのが仕事でしょう？」

「まあ、そうですが」

「それなら、何故、すぐ錦ヶ浦へ行って、梅津ユカが、本当に公害病だったかどうか、調べてみようとなさらないんですか？」

「しかし、今も申し上げたとおり、錦ヶ浦には、公害は発生しておらん筈ですからねえ」

（おらん筈か――）

中原は、次第に胸がむかついてくるのを覚えた。しかし、とか、筈だ、という前に、何故、椅子から立ち上がって行動しないのか。これは、別に能力のあるなしの問題ではない。優しさの問題だ。公務員が文字どおり、パブリックサーバントであるならば、何よりもまず人間に対する優しさが必要である筈だ。

「錦ヶ浦コンビナートの実状を調べたことがあるんですか？」

「勿論、調べましたよ。あのコンビナートを許可したのは県ですから、責任上、ちゃんと調査していますよ」

「今でも、定期的に調査しているんですか？」

「他にも、うちでは、いくつかのコンビナートを抱えていますからね。錦ヶ浦だけを調査するというわけにはいきません。しかし、企業からは、毎月、きちんと報告書を出させていますよ」

次長は、机の引出しから、部厚い書類を取り出して、どさりと、中原の前に置いた。表紙には、「錦ヶ浦コンビナート関係報告書」と書いてある。

中身は、細かい数字の羅列だった。

次長は、得意気に、

「そこにあるように、亜硫酸ガス、一酸化炭素、窒素酸化物といった大気汚染の原因になるものを、きちんと報告させているのですよ。それに、海に流される水銀やシアンの量もです。企業側は、毎月、そんなに詳細な報告させられるのはかなわんと、文句をいっているのですが、私どもとしては、住民保護の立場から、厳格に守らせているわけです。それを、よくご覧になればわかると思いますが、どの企業も、法律で定められた基準を、きちんと守っています。ですから、公害は発生していないと判断しているわけです」

「この数字を、そのまま鵜《う》のみにしているのですか？」

中原は、皮肉をこめていったつもりだったが、相手は、感じない表情で、

「今は、企業も公害防止に熱心ですからね。嘘《うそ》の数字は、報告してきませんよ」

本当にそう信じているのか、県の役人という立場から、信じているように振舞わなければならないと思っているのか、中原には判断がつきかねたが、どちらであるにしろ、相手の考え方の安易さに腹が立った。この役人は、錦ヶ浦の空を蔽っているスモッグや、錦ヶ浦湾の汚れた海を見つめたことがあるのだろうか。

「すると、人間一人が死んだが、錦ヶ浦の汚染状態を調査する気はないというわけですか？」

「何度もいいますが、錦ヶ浦には公害は発生しておらんのです。汚染されたという報告はどこからも来ていませんよ。もし、錦ヶ浦が公害によって汚染されているとすれば、もっとも被害を受けるのは漁民です。ところが、その漁民から、私どもの所へ、錦ヶ浦は汚染されていないという証明書を出してくれと頼みに来ているのですよ。これでは、私どもが、錦ヶ浦に公害は発生していないと考えるのは当然でしょう？」

次長は、錦ヶ浦の漁民から出されたという要望書を取り出して、中原に見せた。

要　望　書

最近、錦ヶ浦の海が汚染されているという噂が流れ、京浜、関西方面に出荷する海産物が買い叩かれる事態が生じております。これは、われわれ漁民にとって死活問題であります。

錦ヶ浦の海は、汚染されておりません。ここで獲れる魚介類は、全て新鮮で、絶対に安全であります。県環境衛生部におかれましても、錦ヶ浦の魚介類が、安全、新鮮なことを、各方面に証明して下さることをお願い致します。

錦ヶ浦漁労組合

環境衛生部長殿

どうですというように、次長は、要望書を読んでいる中原の手元をのぞき込んだ。

中原は、茶褐色に汚れた錦ヶ浦湾と、しがみつくように小舟を出している漁師の姿を思い浮かべた。

駐在の巡査は、漁民たちが置かれている苦しい立場を話してくれた。

汚染した海で獲れた魚は、安く買い叩かれる。漁民たちは、その損害を、企業に賠償させる代わりに、あの汚れて異臭を放つ海を、汚れていないと嘘をつく道を選んだのだ。企業を訴えれば解決が長びき、生活の不安にさらされるからだろう。だから、この要望書は、漁民の悲鳴でもあるのだ。

県の責任者は、行間から洩れてくる漁民の悲鳴を聞きとるべきなのに、眼の前にいる役人は、自分たちの怠慢が、この要望書によって弁護されたと思っているのだ。

錦ヶ浦の漁民たちに対してさえ、この程度の認識しか持たない相手では、一人の少女の一人の少女の死について、何を要求しても無理かも知れない。梅津ユカの絶望など、絶対にわかるまい。

「あんたは馬鹿だ」

と、中原は、腹の立つままに、相手を罵倒《ばとう》した。この男には、何もわかっていないのだ。わかろうとする気がないのだ。

「あんたには、肝心のことが、何にもわかっていない。だから、あんたは馬鹿だ」

中原は、わざと喧嘩を売るようないい方をした。これで怒れば、少しは骨があると思ったのだが、初老の役人は、最初、当惑した表情を作ったが、そのあと、自分の度量の大きさを示そうとでもするように、

「どうも弱りましたなあ」

と、ニヤニヤ笑った。

中原が、睨《にら》むと、次長は、

「では、他に用事もありますので、これで――」

といい残して、そそくさと立ち上がった。

5

中原は、県庁を出た。

春の陽光が眩《まぶ》しかった。彼は、眉をしかめて、空を見上げた。新太陽化学の人事課長や、県庁の態度は、大体において、中原の予想したとおりだった。相手は、あくまでも佐伯大造だという気があったから、失望はしなかった。かえって、闘志が高まったくらいである。

中原は、ひとまず錦ヶ浦に戻り、海辺に近い旅館に入った。

一服してから、仲居に頼んで、東京の事務所に電話を入れて貰った。電話口に出た秘書の京子に、

「すぐ来てくれ」

と、いった。そのあと、今度は、東都新聞の社会部につないで貰った。通じると、友人の日下部を呼び出した。

「君の力を借りたいんだ」

と、中原は、単刀直入にいった。

「何だい？」

「君のところで、〈公害を追って〉というレポートを連載しているだろう。あれに、錦ヶ浦コンビナートも入れて貰いたいんだ」

「錦ヶ浦？　錦ヶ浦というと、確か、静岡支局から、ニュースを送って来ていたな。ぜんそくの苦しさから少女が投身自殺をしたとかいうニュースだった」

「それを、もっと深く掘り下げる気はないか」

「君とは、一体どんな関係なんだ？」

電話の向こうで、日下部が不思議そうに訊く。中原は、暗い眼になった。

「彼女の死には、僕も責任があるとしかいえないんだ」

「わかったよ。それで、その事件には、もっと掘り下げるだけの値打ちがあるのか？」

「ある。このまま放っておけば、第二、第三の犠牲者が必ず出る」

「そんなに、錦ヶ浦は汚れているのか？」

「来てみればわかるよ。僕は、まだ丸一日しか、ここにいないが、ひどい状態だ。だから、第二、第三の犠牲者が出るといったんだ。それを防ぐのは、君たちジャーナリストの責任だろう？」

「あまり焚《た》きつけないでくれよ」

と、日下部は、苦笑してから、

「君のことだから、例によって、会社側や役所に突っかかったんじゃないのか？」

「ああ。ムカムカするような、いんぎん無礼な返事しか戻ってこなかったがね」

「それで、うちの新聞を使って、ガツンとやってやろうというわけかい？」

「君の方の連載レポートにとっても、プラスの筈だよ」

「一寸待ってくれ」

日下部は、いったん電話の傍を離れたが、五、六分して電話口に戻ってきた。恐らく、デスクに相談してきたのだろう。

「今から、そちらに取材に行く」

と日下部はいった。

友人と、秘書の京子が来るまでの間、中原は、町立病院を見てくることにした。

中原は、町へ出た。相変わらず、ガサガサとがさづいている感じの町だ。排気ガスを撒《ま》き散らしながら、車が走り回り、パチンコ店からは、流行歌が流れてくる。

途中で、三軒の薬屋が眼に入ったが、その店先に、同じように、「ぜんそくの薬ありま す」の貼紙が貼ってあるのに気がついた。ご丁寧に、「ぜんそく」の文字に、赤丸をつけている店もある。それだけ、ぜんそくの患者が多いということなのだろう。

錦ケ浦町立病院は、町の外れにあった。最近建てられたものらしく、三階建ての真新しい病院だった。

中原は、まず、待合室に入ってみた。富士山の油絵の掛かった洒落《しやれ》た待合室には、五、六人の男女が、診察を待っていた。その中に、白いマスクをかけ、苦しそうに咳をしている少年を見つけて、傍にいる母親に声をかけた。十歳くらいの子供だった。

「お子さんは、ぜんそくですか?」

「ええ」

と、中年の母親は、息子の背中をなでながら肯いた。

「この町には、ぜんそく患者が多いようですね?」

「ええ。まあ」

「ここにコンビナートが進出してきてから、ぜんそく患者が多くなったんじゃありませんか?」

「そんな気もしますけど、わたしには、はっきりしたことは――」

母親は、いいよどんだ。疑いは持っていても、はっきりいうだけの自信がないのだろう。

中原が質問を続けようとしたとき、看護婦が現われて、その母子を呼んだ。

看護婦は、中原の顔を見て、「あなたは?」と訊いた。

中原は、名刺を相手に渡した。

「梅津ユカを診察した先生に会って、話を聞きたいんだがね」

「ウメヅ？」

「二日前に自殺した少女だよ。ここの患者だった筈だ」

「一寸お待ち下さい」

若い看護婦は、いくらかあわてた様子で、診察室に姿を消した。彼女は、一寸といったが、中原は十分近く待たされてから、診察室に呼ばれた。

そこに、四十歳くらいの医者が、椅子に腰を下ろして中原を待っていた。医者は、細いきれいな指で、中原に椅子をすすめた。

「梅津ユカを診察したのは、私ですが、どんなことをお知りになりたいんです？」

「病気は何だったんですか？」

「気管支ぜんそくでしたね。ご存知なんでしょう？」

「僕が知りたいのは、彼女が、ぜんそくになった原因です。公害が原因じゃありませんか？　ここの汚れた空気が原因だったんじゃありませんか？」

「そうは思えませんね」

「何故、違うと断定できるんです？」

「気管支ぜんそくの大部分は、生まれつきの体質が原因でしてね。その上、あの患者は、カゼをひき易い体質でもあったんです。カゼをひけば、必然的に、呼吸困難の発作が起きます。生まれつきの体質に、カゼをこじらせた。それが、あの患者の正確なカルテですよ」

「しかし、彼女は、新太陽化学で働くまで、一度もぜんそくの発作に襲われたことはなかったんですよ。ここで働くようになってから、ぜんそくに苦しむようになったんです。それでも、公害が原因でないと断定できますか？」

「女性で、十七、八歳から急に、ぜんそくの発作に襲われ出すという例は、割りに多いのですよ」

「しかし、この町には、他の町に比べて、ぜんそくの患者が多いんじゃありませんか？それも、コンビナートが進出して来てから、急速に増加したんじゃありませんか？」

「そういう統計的なことは、私にはわかりませんね」

「じゃあ、誰に聞けばわかるんです？」

「事務長なら知っているでしょうが、今日は留守ですよ」

「いつなら会えます？」

「東京に行っていますが、明日は帰ってくるでしょう。はっきりはいえませんがね」

医者は、急に、そっけない声になっていった。

中原は、廊下へ出た。

（あの医者は、本当に、梅津ユカのぜんそくが、体質的なものだと信じているのだろうか？　それとも、公害病の疑いがあると思いながら、嘘をついたのだろうか？）

考えているうちに、中原は、出口とは逆の方向に足を運んでしまっていた。

気がついたとき、彼は、小さな胸像の前に来ていた。

中原は、ぼんやりと、その胸像を眺めた。

（おや？）

と、思ったのは、その胸像の顔が、佐伯大造だったからである。中原は、台座に彫り込まれた文字を読んだ。

〈この病院は、昭和四十×年五月六日に、太陽重工業社長・佐伯大造氏より寄贈されたものである〉

中原の顔に苦笑が広がった。そうだ、待合室に掛かっていた富士山の絵も、佐伯大造の描いたものに違いない。同じ絵を、財界人の画展で見たことがあった。

（ひょっとすると、佐伯大造の力は、この町全体に及んでいるのかも知れない）

6

陽が落ちてから、日下部と京子が、前後して、錦ヶ浦にやって来た。

中原は、旅館の部屋で、今までに調べたことを、二人に話した。

「それで、君は、本気で、企業や県を告発するつもりなのか？」

と、日下部が訊いた。

「ああ。そのつもりだからこそ、君にも、側面からの援助を頼んだんだ」

「しかし、公害裁判というやつは時間がかかるし、因果関係を証明するのは難しいぞ。第一、梅津ユカという少女は、自殺だろう。ぜんそくが公害によるものだと認定されても、自殺の責任まで、企業や県にとらせるわけにはいかないだろう？」

「難しいことはわかっているが、やらなければならないんだ」

「電話じゃあ、自殺に責任があるようなことをいっていたが、一体、どういうことなんだ？」

「それは、裁判に勝てたときに話すよ」

と、中原はいった。

「彼女の写真は、美人でした？」

と、京子が、彼女らしい質問をした。

中原は、白い歯を見せて、明るく笑っていた遺影を思い出した。

「可愛い顔をしていたよ」

「それなら、恋人がいたかも知れませんわね」

と、京子はいった。

（恋人か）

中原は、窓の外に眼をやった。夕闇が立ちこめていたが、精油工場の高い煙突は、まだ、だいだい色の炎を吹き上げていた。

「ところで、錦ヶ浦コンビナートだがね」

と、日下部は、話を元に戻して、

「ここに来る前に、一寸調べてみたんだが、面白いことに、ここの工場群の殆《ほとん》どが、何等かの意味で、太陽コンツェルンに関係しているんだ」

「精油工場もか？」

「ああ。あれは、太陽石油《サン・オイル》だよ。太陽重工業と資本は同じだ」

「成程ね」

中原は、町立病院の廊下で考えたことが、当たっていたのを知った。この町は、佐伯大造に支配されているのだ。

「その方が戦い易いよ」

と、中原は、不敵な笑い方をした。

翌日、中原は、京子を七ヶ浦へ行かせた。梅津トクのことも心配だったし、彼女の家庭の状態を調べるのは、自分が行くよりも、京子の方が適任と思ったからでもあった。

そのあと、中原と日下部は、亜硫酸ガスの元兇と思われる太陽石油《サン・オイル》を訪ねた。

責任者に面会を求めると、しばらく応接室で待たされてから、渉外課長だという若い男が現われた。

男は、中原の名刺には、別に当惑の色は見せなかったが、日下部が、東都新聞の記者だと名乗ると、顔色が少し変わった。恐らく、同系会社ということで、中原のことだけは、新太陽化学から連絡されていたに違いない。そう考えて、中原は、自然に皮肉な眼つきになった。

「梅津ユカという少女が、錦ヶ浦湾で投身自殺したことは、ご存知でしょう?」

と、日下部が、手帳をひらき、メモをとる姿勢で訊いた。

渉外課長は、一寸首をかしげるようにしてから、

「若い女性が自殺したという噂は聞きましたが、詳しいことは、何も聞いていませんね」

と、いった。その言葉に、中原は、嘘を感じた。現在、どこの企業でも、公害問題には神経をとがらせている筈である。公害が彼女を追いつめたのかと、小さくだが新聞が書いた事件を、渉外課長が詳しく知らない筈はない。

日下部も、同じ感じを持ったらしく、中原を見て苦笑したが、渉外課長に向かっては、あくまで、たんたんとした口調で、

「その少女は、公害からぜんそくの発作に苦しみ、耐え切れずに自殺したのです。亜硫酸ガスが、ぜんそくの原因だとすると、どうしても、おたくに疑いがかかるわけですよ。その点、当事者としてどうお考えですか？」

「それを聞いて、どうなさるんですか？」

若い渉外課長は、用心深い眼で、中原たちを見た。

日下部は、煙草を取り出して火をつけてから、

「錦ヶ浦コンビナートの実状を、全国に紹介したいと思っているのですがね」

「ここには、何も問題はありませんよ。企業の進出で、若い人たちが、都会に流出しなくなったし、町の財政も豊かになっています。プラス面だけですよ。公害をご心配のようですが、ここには、イタイイタイ病も発生していないし、カドミウム公害も起きてはいませ

んよ」

「しかし、現実に、一人の若い娘が、公害病を苦にして自殺していますがねえ」

「彼女のぜんそくは、体質的なものだったと聞いていますが」

「よくご存知ですね」

と、中原は、横から皮肉をいった。

渉外課長の顔が赤くなった。

「ここでは、公害病は一人も出ていませんよ。今、亜硫酸ガスのことをいわれましたが、私どものところでは、条例で定められた〇・二PPMを超えたことは、一度もありません。毎月、報告書を県の環境衛生部に提出していますから、その写しをお見せしてもよろしい。それに、窓からご覧になってもおわかりと思いますが、当社の煙突は、全て、百八十メートルの高さにしてあります。最初の計画では、百五十メートルだったのですが、住民の方々のことを考えて、三十メートル高くしたのです。このために五億円も予算オーバーになりましたが、公害ゼロをめざして、このくらい努力しているということを知って頂きたいのです。勿論、脱硫装置も、最新式のものを装備しています」

渉外課長は、「太陽石油《サン・オイル》は、公害ゼロが目標です」とタイトルのついたパンフレットを取り出して来て、二人の前においた。

いかにも金がかかっている感じの美しいパンフレットだった。

太陽石油《サン・オイル》が、いかに公害問題に気を配っているかが、挿絵入りで書いてある。そして、最後に、県の環境衛生部長の談話として、次のような賛辞がのっていた。

〈太陽石油《サン・オイル》の公害防止へのひた向きな努力には、頭の下がる思いがする。錦ヶ浦で、〇・二PPMを超える汚染が三時間以上継続して発生したことはないという調査結果も出ており、公害について、住民が心配する必要はないと思う〉

「この調査結果というのは？」

と、日下部が訊くと、渉外課長は、嬉しそうに、ニッコリ笑って、

「これは、昭和四十×年に、通商局と県が合同して行なった調査です。非常に立派な調査ですよ」

「しかし、三年前の調査ですね」

「そうですが、その後、何も変わっていませんよ」

「本当に何もですか？」

「ええ。その証拠に、ここでは、一度もスモッグ注意報が出ていません。まあ、多少、海

が汚れたということはありますが、魚は獲れているし、昨年などは、これまで一度も獲れたことのないアオヤギが、やたらに獲れて、漁民はホクホクだったほどですよ」

「アオヤギの異常繁殖という現象は、東京湾でもありましたよ」

と、日下部は、相変わらず、たんたんとした口調で、渉外課長にいった。

「それについて、Y大学の生物学教授は、東京湾の生物が死滅する前兆だといっていましたがね」

日下部の言葉に、相手は、鼻白《はなじろ》んだが、小さく咳払いしてから、

「とにかく、錦ヶ浦には、公害は発生していませんよ。変に新聞に書き立てられると、住民も迷惑しますので、ぜひ、慎重にお願いします」

「勿論、でたらめは書きませんが、事実は、遠慮なく書かせて貰いますよ」

と、日下部は、きっぱりとした口調でいった。

7

太陽石油《サン・オイル》を出て、ふり返ると、ご自慢の高い煙突から、相変わらず、だいだい色の炎が吹き出していた。他の工場群からは、もうもうと白煙だ。そのために、上空はどんよりと

煙り、気のせいか、のどが痛い。

「これで、公害ゼロかね」

と、二人は、顔を見合わせて苦笑した。

中原が、新太陽化学へ行ってみるかときくと、日下部は首を横にふった。

「君が、昨日聞いた以上のことは聞けそうもないからな。それより、自殺した梅津ユカと同じような、ぜんそく患者が他にいるかどうかが知りたいね。ぜんそく患者が異常に多ければ、公害の証拠になる」

「ぜんそく患者が多いことは確かだ。薬屋は、どの店も、ぜんそくの薬の宣伝をしている」

中原がいうと、日下部は、面白がって、薬屋に案内させ、宣伝の貼紙を写真にとった。

そのあと、中原は、日下部を町立病院へ案内した。途中で、病院の資金が佐伯大造から出ていることを話すと、日下部は、かえって面白がった。そんなところは、新聞記者的感覚というのだろう。

病院では、事務長に会うことができた。町立病院のせいなのか、それとも、この初老の事務長の性格なのか、小役人的な応対をする男だった。

「ここに、公害病の疑いのある患者はいませんか？」

と、日下部が訊くと、事務長は、身体を小きざみに貧乏ゆすりさせながら、

「ここには、そういう患者は一人もおりません」

と、味もそっけもない答え方をした。

「しかし、ぜんそく患者はいるでしょう?」

「今、三人、ここで治療しています。しかし、いずれも体質的なものからきた患者で、いわゆる四日市ぜんそくといったものとは、全く違いますよ」

「その患者に会って、話を聞きたいんですがね」

と、日下部がいうと、事務長は、首を横にふって、

「それは困ります」

「何故です?」

「絶対安静の患者もいますからね」

「三人とも絶対安静というわけじゃないでしょう?」

「絶対安静は一人ですが、ぜんそくの患者というのは、精神的なショックで、発作に襲われるものですからね。だから、お断わりするんです」

事務長は、堅い声でいった。日下部が肩をすくめると、代わって中原が、

「ぜんそくの患者は、本当に三人だけですか?」

「そうですよ」

「入院患者は三人としても、通院しているぜんそく患者は、沢山いるんじゃありませんか？」

中原は、昨日、待合室で会った母子のことを思い出しながら訊いた。

「通院のぜんそく患者は二人だけです」

事務長は、相変わらず、堅い、そっけない声で答えた。

「たった二人？」

「そうです。勿論、この二人も、公害病患者なんかじゃありませんよ」

「全部で、ぜんそく患者が五人しかいないなんて信じられませんね」

「町立病院の責任者の私がいってるんだから、間違いありませんよ」

「しかし、町の薬屋じゃあ、やたらに、ぜんそくの薬が売れているようじゃありませんか。あの様子だと、もっと多い筈だと思うんですがね」

「そんなことはありません」

事務長は、首を横にふった。その顔に、中原は、自分たちに対する警戒の色と、外部の人間に何がわかるかといった傲慢《ごうまん》さを同時に感じた。

二人は顔を見合わせてから、事務長に別れを告げた。

中原たちが、事務長室を出ると、相手は、監視するように、廊下まで出て来て、背後から見守っていた。

病院を出たところで、中原は、日下部と顔を見合わせて、苦笑した。

「あの事務長は、明らかに嘘をついている」

と、中原がいうと、日下部も、「同感だね」と、肯いた。

「ぜんそく患者は、もっと多い筈だよ。だが、カルテを全部見せて貰っても無駄だろうね。別の病名を記入してあるに違いないからね」

「人数だけは、きちんと合わせてあるというわけか」

と、中原は、苦笑した。

「さて、次は、コンビナートに反対している住民を探そうじゃないか。そっちからの情報も欲しいからね」

と、日下部は、港の方に眼を向けていった。

中原は、煙草に火をつけた。

「漁民は駄目だよ。内心では、海が汚染されたことに怒りを感じているだろうが、公害騒ぎが起きると、魚が売れなくなるから、期待するような話は聞けない筈だ」

「漁民はどこでも同じさ。少しでも魚が獲れるうちは、彼等は貝のように沈黙している。

汚染されているという噂が流れただけで、千円の魚が五百円か三百円になってしまうからね」

「旅館の仲居にでも聞けば、何かわかるかも知れないな」

と、中原はいった。

二人は旅館に戻った。この土地の人間だという仲居に、この町で、公害反対運動をしている人間はいないかと訊くと、彼女は、一寸考えてから、

「学校の吉川先生」

と、一人の名前をあげた。

「県立錦ヶ浦高校の先生ですよ」

「若い先生？」

「ええ。東京の大学を出て、三年前に赴任してみえた先生です」

「どんな反対運動をしているんだろう？」

「ガリ版刷りのビラを配ったり、生徒を使って、亜硫酸ガスを測る簡単なセットを、町のあちこちに置いたりしてますよ。うちにも置かしてくれって、生徒さんが見えたんですけど、おかみさんが断わったんです」

「何故？」

「うちは、太陽石油《サン・オイル》さんが、ときどき宴会に使うんです。だから、おかみさんが気を使ったんですよ」

小太りの仲居は、おかしそうに、クスクス笑った。

「君は、のどが痛くなったことはないかね？」

中原が訊くと、仲居は、自分ののどに手を当ててから、

「のどは痛くならないけど、二、三年前から、ずい分、声が悪くなりましたよ。昔は、こんなガラガラ声じゃなくて、歌手になろうと思ったことだってあるんですけどねえ」

と、いい、また、おかしそうに笑った。

8

錦ヶ浦の町は、背後に山を背負っている。県立錦ヶ浦高校は、その山の麓にあった。伊豆の山といえば、緑豊かなものと相場が決まっているが、ここは、中腹まで無残に削り取られていた。その土砂を、ダンプが、次々に運び出していく。恐らく、埋立てに使われているのだろう。錦ヶ浦コンビナートは、まだ拡張を続けているのだ。

中原と日下部は、ダンプが舞い上げる土埃に顔をしかめながら、校門をくぐった。

校庭には、プールや屋内体育館もあり、施設は一流だったし、校舎も鉄筋三階建てのモダンなものだった。それは、この町の財政的な豊かさを示している。だが、その豊かさと引き替えに、海と空は汚れてしまった。

吉川という教師は、丁度、物理の授業中だったが、それが終わったあと、プールの横で会ってくれた。

「職員室より、ここの方が、自由に話ができますから」

と、吉川は、笑って見せた。

小柄な青年だった。その上、度の強い眼鏡をかけているので、一層、貧弱に見えた。公害と闘う正義漢という颯爽《さっそう》としたイメージはゼロに近くて、中原は、最初、失望したが、話しているうちに、外見からの印象が間違っていることに気がついた。話し方は明快で、あいまいなところがなかったし、かなり辛辣《しんらつ》だったからである。

「あなたの噂は聞きましたよ」

と、吉川は、中原にいった。

「小さな町だから、噂はすぐに伝わります。特に、企業や県を告訴するというようなショッキングな噂は」

「僕は、自殺した梅津ユカという少女が、公害病だったと信じているんですが、先生は、どう思います？」

中原が訊くと、吉川は、プールの水面に眼を走らせてから、

「僕は医者じゃないから断言はできませんが、可能性は強いと思いますね」

「可能性が強いと思われるのは、何か根拠があってですか？」

そんなものがあれば、告発の材料になると思って訊くと、吉川は、ポケットから、ガリ版刷りのパンフレットを二部取り出して、中原と日下部にくれた。

「それは、僕が、この学校に来てから、錦ヶ浦で起きた公害関係の事件を、順番に書き出してみたものです」

と、吉川は、いった。

昭和四十×年四月　新太陽化学の工員の中に、眼の痛みを訴える者続出。原因は同工場の廃液（無水フタル酸など）か。

工場側は否定。

同年六月　K山の松林が茶色く枯れる。原因は亜硫酸ガスか。

同年七月　錦ヶ浦湾で奇形魚が網にかかる。

同年九月　本校の生徒三十人に一人が、めまいと、のどの痛みを訴えたが、大事に至ら

ず。

同年十月　漁民のＮさん(六〇)が、気管支ぜんそくで死亡。町立病院のＳ医師は、疲労のためと診断。

翌年三月　町の二十ヶ所に、亜硫酸ガス検出装置(空カンにアルカリ濾《ろ》紙を入れた簡単なもの)を取りつける計画を立てる。だが、十二ヶ所で反対にあい、実際には八ヶ所のみ。

同年六月　西地区で、亜硫酸ガスの一時間値〇・一ＰＰＭ六十回、〇・二ＰＰＭ三十六回、〇・三ＰＰＭ十二回を記録。

同年八月　港湾地区で、亜硫酸ガス〇・三ＰＰＭ十回を記録。

同年九月〜十月　住民六人が、気管支ぜんそくで町立病院へ入院。

Ｓ医師は、公害との関係を否定。しかしその中の一人Ｔさん(四三)が、下田に転地入院してすぐ完治したところをみれば、公害との関係を否定しきれない。

中原は、パンフレットから眼をあげて、吉川を見た。

「こんなに公害が現われているのに、どうして、住民が立ち上がって、反対を叫ばないんですかね?」

「それは、まだ、公害のマイナスより、企業進出で受けるプラスの方が大きいと、住民が錯覚しているからですよ」

と、吉川は、眼鏡の奥で笑った。

「ここにコンビナートが出来てから、錦ヶ浦の人口は、五倍近くにふくれあがったし、当然、町に落ちる金も増えましたからね。立派な病院や町民会館も出来たし、この学校でも、プールや屋内体育館が出来たのは最近です。町の有力者たちは、これからまだどんどん町は発展していくんだと、ひどく楽観的ですよ。しかし、自殺者が出たとなると、住民の意識も少しずつ変わってくるかも知れませんね」

吉川は、公害反対運動の前途を、悲観も楽観もしていないといった。

「太陽石油《サン・オイル》は、公害は出していないといっていますよ」

と、日下部が、試すようにいうと、吉川は、肩をすくめて、

「企業が、正直にいう筈がありませんよ。町役場の方も同様です。今のところ、町の中の亜硫酸ガスの濃度を調べようという気配もないし、企業に警告しようという姿勢もありません。僕のやってることなんかも、煙たがられています。いつだったか、公害反対のビラを配っていて、漁師に殴られましたよ。何故、おれたちの魚を売れなくするんだというわけです。最も公害に痛めつけられている人間が、結果的には、公害企業の弁護人になって

しまっているのは皮肉ですが、これが現実だともいえます。しかし、土壇場に追い詰められたら、一番力強く立ち上がるのも漁民たちだと、期待もしているのです」

「これからも、錦ヶ浦の公害は、ひどくなると思いますか？」

日下部が訊くと、吉川は、「ええ」と肯いた。

「このままだと、四日市の二の舞いになることは必至だと思っているんです。すでに四日市ぜんそくにならって、錦ヶ浦ぜんそくと呼ぶべき症状が出ているとさえ思っているんです」

「しかし、太陽石油《サン・オイル》では、煙突も高くし、脱硫装置もつけ、条例以下の亜硫酸ガスしか排出していないと主張していますね？」

「あの宣伝パンフレットは、僕も見ましたよ。町全体に配りましたからね」

と、吉川は、笑った。

「あれは、全然、でたらめですか？」

中原が訊くと、吉川は、肩をすくめて、

「全くでたらめというわけでもありません。この町でも、亜硫酸ガスの濃度が、条例以下の日がないわけじゃありませんからね。例えば、冬には、そんな日が多いんです。何故かというと、冬場は、山側から海に向かって強い風が吹くことが多いからです。煙突から吐き出された亜硫酸ガスは、海に吹き飛ばされて、濃度は薄められるわけです。しかし、それは、太陽石油《サン・オイル》をはじめとする企業側が、条例を守っているという証拠にはなりません。更に悪辣《あくらつ》なのは、冬場の小さな数字を、あたかも年間を通じての数字のように書いていることです。これはサギですよ」

「夏になると、反対の風が吹くわけですか？」

「そうです。春から秋にかけては、海から風が吹いてきます。これが問題なんです。煙突が百八十メートルあっても、錦ヶ浦を囲む山はもっと高いですからね。吐き出された亜硫酸ガスは、山にぶつかって、町に降り注ぐことになります。工場の近くより、山際にぜんそく患者が多く発生しているのも、そのせいだと思っています」

吉川の話し方は、明快で、確信に満ちていた。

日下部は、彼の話をメモしてから、

「今のことを、新聞に書いていいですか？」

「ぜひ、書いて下さい」

と、吉川はいった。

最後に、中原が訊いた。

「東京の大学を出たあなたが、何故、こちらの高校に来たんですか？」

「僕には、このあたりの高校が似合っているんですよ」

と、吉川は微笑した。それは、謙遜《けんそん》というよりも、この青年教師の強い自負のように、中原には聞こえた。

9

二人が旅館に帰ると、七ヶ浦に行っていた秘書の京子が、戻って来ていた。

「先生。これを見て下さい」

と、京子は、ハンドバッグから、封筒を取り出して、中原の前に置いた。

表には、毛筆で「お見舞」と書いてあり、中身は三万円だった。

「今朝、新太陽化学の人事課長が、梅津さんの家へ来て、置いていったんですって」

「お見舞いというより、口止めの匂いがするな」

中原が苦笑すると、京子は、「そうなんですよ」と、膝を乗り出した。

「その人事課長が、お婆さんに向かって、こういったそうですよ。会社を告訴するという噂を聞いたが、そんなつまらないことは止めなさい。東京の人間のいうことなんか聞かない方がいいって」

「ほう」

「お婆さんが、こんなお金なんか要らないっていっても、むりやり、置いていったんだそうです。怒っていましたよ。三万円ぐらい貰ったって、孫娘が生き返るかって。それで、先生から突き返して下さいっていわれたんで預かって来たんです」

「お婆さんも、告訴する腹を決めたということだな」

「ええ」

「そりゃあよかった」

中原は、日下部と顔を見合わせて、微笑した。彼が会ったときは、どこか頼りなげに見えた老婆だが、芯は強いのだろう。

「病気の母親の方はどうだった？」

中原が訊くと、京子は、暗い眼になって、

「それが、死んだ娘さんと同じ気管支ぜんそくなんです。それも、ここの太陽石油《サン・オイル》で雑役係をやっていて、病気になったんだそうですよ」

「じゃあ、親娘二代というわけか」

中原は、暗然とした。が、日下部は、新聞記者らしく、これで記事に厚味ができるといって喜んだ。ある意味では、不謹慎ないい方だったが、中原も、新聞の記事がセンセーショナルなものになってくれた方がよかった。人間を動かすのが、理屈より感情である以上、少しでも、感覚的に読者の心をゆさぶる記事の方が、効果があるからである。

日下部は、京子が取って来た母親や祖母の話を、手帳にメモしてから、東京に帰って行った。

中原は、京子と一緒に、桟橋まで見送った。車で沼津へ出た方が早いのだが、日下部が、もう一度、錦ヶ浦の汚れを確かめてから帰京したいといったからである。

日下部を乗せた竜宮丸が、夕闇の中に消えたあと、京子が、小声で、

「先生。一寸心配なことがあるんです」

「何だい？」

「自殺した梅津ユカさんには、恋人がいたんです」

「ほう」

と、中原は、京子を見た。

「君の勘が当たったわけだな。それが、何故困るんだ？」

「彼は、今、八丈島の先へ漁に行っていて、明日、七ヶ浦に帰ってくるそうなんです。出漁したのが一ヶ月前だといいますから、まだユカさんの死んだことを知らずにいるんです」

「帰って来て知れば、すごいショックを受けるだろうね」

「それに、血の気の多い青年だそうですから、カアッとして、何か仕出かさないかと、ユカさんの家でも心配していましたけど」

「その青年は、いくつなんだね？」

「十八歳だそうです。名前は、鈴木晋吉」

「十七歳と十八歳か」

中原は、その青年に会ってみたいと思った。いや、会わなければならないと思った。京子が心配するような事態が起きる恐れは、十分にある。

二人が、旅館に戻り始めたとき、湾内に出ていた漁舟が、浜に戻ってきた。どの舟も漁獲量が少ないらしく、老いた漁師たちの顔は、一様に暗かった。

第二章　調査団

1

中原は、地裁民事部へ、太陽コンツェルンの会長である佐伯大造を、名指しで告訴した。同時に、県の環境衛生部長も、企業への監督不十分ということで告発した。

佐伯大造への告訴では、死んだ梅津ユカと病床にある母親への慰謝料として、一千万円を要求した。

それと、殆ど同時に、東都新聞は、「公害レポート」の一つとして、「錦ヶ浦にも公害の波」という記事を載せた。

それには、自殺した梅津ユカの名前も出ていた。東都新聞に刺戟されたように、地方新聞も、錦ヶ浦の公害問題を取り上げた。

そんなマスコミの動きを見て、京子は、

「上手くいきそうね。先生」

と、眼を輝かせたが、中原は、それほど楽観的にはなれなかった。

公害裁判は、難しい。それに長引くのが常識である。特に、発病と公害との因果関係の証明は困難である。常識では、当然、公害病と思えるのに、その一般常識が通用しないのが裁判の世界なのだ。あの水俣病の熊本でさえ、歩行困難、言語障害を訴える患者の中の何パーセントかは、因果関係の証明が完全でないということで、水俣病と認定されずにいるのである。梅津ユカやその母親の場合は、錦ヶ浦にまだ公害騒ぎが起きていないだけに、更に困難を覚悟しなければなるまい。

だから、今、中原が期待しているのは、裁判の進行そのものより、告訴が作り出すであろう波紋の方だった。幸いなことに、日下部の努力で、この波紋は大きくなろうとしている。

企業は、今、公害に神経質になっている。正確にいえば、公害騒ぎに神経質になっている。勿論、まだ、公害を無くそうと真剣になっているとはいい切れない。大部分の経営者は、現在の公害騒ぎを苦々しく思っているに違いないからである。

中原は、太陽重工業社長の佐伯大造が、テレビで、こういったのを覚えている。公害、公害と騒ぐのも結構だが、原材料がゼロに等しいわが国は、工業を発展させる以外に、生きていく方法がないことも考えて欲しいと。

佐伯大造は、恐らく、多少の公害は我慢しろといいたかったのだろうが、そういえなかったところに、現在の公害問題の深刻さがあり、企業側の負い目もある。中原が期待するのも、その点だった。

佐伯大造にとって、中原個人など、少しも脅威ではないに違いない。いざとなれば、いくらでも優秀な弁護士を傭《やと》えるからだ。佐伯が怖がるのは、裁判そのものより、それから生まれる企業のイメージダウンに違いない。

だから、何か手を打ってくるだろうと、中原は思った。

その中原の推測は、告訴後、一週間目に的中した。

錦ヶ浦の旅館にがんばっている中原に、東京の日下部から、次のような電話が掛かってきたからである。

「通商局が、錦ヶ浦に調査団を派遣すると発表したよ」

と、日下部は、興奮した口調でいった。「ほう」と、中原の声も、自然と高くなった。

「調査団をね」

「担当官は、前々から専門の調査団を派遣する計画があって、たまたま、今回実現することになっただけだといっているがね。急にバタバタと顔ぶれが決まったところをみると、どう考えても、今度の事件のせいだよ」

「佐伯大造の方は、どうしている？」

「それだがね。今度の調査団の団長は、Ｓ大の冬木晋太郎という物理学の教授なんだが、彼を推薦したのが、佐伯なんだ。勿論、表面に佐伯の名前は出ていないが、彼が強力に推したことは間違いない」

「佐伯は、何故、その冬木というＳ大の教授を推薦したんだろう？」

「はっきりしたことはわからないがね。冬木教授は、穏健な思想の持主だから、企業側に不利な報告書は出すまいという期待からかも知れん。記者仲間には、もっと意地の悪い見方をする者もいるがね」

「どんな見方だ？」

「冬木教授は、今年の九月で定年になるんだが、政治力のある人じゃないから、民間機関へ移るのも難しいだろうし、せいぜい、地味な原稿生活に入るぐらいしか考えられない。そこで、佐伯が、定年後の生活について、何か約束したんじゃないかというんだ」

「その噂には、信憑性《しんぴょう》性があるのかね？」

「わからん。さっき、佐伯と冬木教授の二人に電話して、それとなく探りを入れてみたんだが、収穫はなかったよ。二人とも、お互いに親しく話したことはないといっている」

「調査団は、どんな顔ぶれなんだ？」

「冬木教授の他には、公衆衛生の白石清一、気象研究の西本喜久夫、薬理学の林義夫、安全工学の樋口一郎、応用化学の武田隆太郎、それに、水産学の星野竜彦といった、一流の専門家揃いだよ」

「つまり、老人ばかりということかい？」

と、中原がいうと、電話の向こうで、日下部が、声を出して笑った。

「そう皮肉をいいなさんな。確かに、ご老体ばかりだがね。調査団の名称は、冬木調査団だ。調査期間は、明後日《あさって》から一週間。調査に必要な機材、設備は、通商局が提供するそうだ」

「明後日《あさって》からか」

冬木調査団の派遣は、当然、中原の裁判に影響を与えるだろう。問題は、どんな影響かということである。

翌日、中原は、地裁民事部から呼び出しを受けた。出頭すると、担当官から、冬木調査団のことが決まったので、調査団の報告が出るまで、裁判の開始を待って欲しいといわれた。裁判に正確を期したいからというのが、その理由であった。

早くも、影響が出はじめたと中原は思ったが、地裁の判断に従うより仕方がなかった。

だが、冬木調査団の報告が、裁判の正確を期することになるかどうかには、疑問を持った。

中原は、学者というものを、半ば信じ、半ば不信感を持っていた。イタイイタイ病の原因を、カドミウム公害にあると発表したのは学者だったが、同時に、カドミウム説に反対し、企業を弁護したのも学者だったからである。

冬木調査団が、どんな調査をするのかわからないが、日下部の話のように、佐伯の力が背後で働いているとすれば、企業側に有利な報告書を作成することは、十分に考えられる。そうなれば、中原の裁判に、決定的に不利な影響を与えるだろう。

（それに備えておかなければならない）

中原は、地裁から錦ヶ浦に戻ると、すぐ、錦ヶ浦高校に吉川を訪ねた。ゆっくりと話をしたかったので、放課後まで待ち、彼の下宿へ同行した。

吉川は、桟橋に近い雑貨屋の離れを借りていた。八畳一間だが、台所、トイレもついていて、母屋とは独立した形になっていた。

壁に立てかけてある釣竿を見て、中原が、

「釣りが好きなんですか？」

と、訊くと、吉川は、窓の外に見える錦ヶ浦湾に眼をやって、

「必要に迫られてやっているんです」

「必要に迫られて？」

「錦ヶ浦湾の魚が、どれくらい減っているか、どれくらい海が汚れているか、それを実感として受けとめたくて、日曜日には、努めて釣り糸をたれることにしているんです」

吉川は、確実に、海は汚れを増し、魚は減っているといった。

中原は、間をおいてから、冬木調査団のことを知っているかと訊いてみた。

「さっき、知りました。それで困っているんです」

と、吉川は、眼鏡の奥に、複雑な微笑を浮かべた。

「どう困っているんです？」

「実は、冬木先生は、僕の恩師なんですよ」

「ほう」

「冬木先生は、政治的に動くことの不得手な人です。それなのに、今度、通商局の依頼で、調査団の団長になられた。傷つくに決まっています」

「と、いうことは、冬木調査団が、政治的な動きをするに違いないということですか？」

「この錦ヶ浦では、すでに公害が発生し、公害病患者も生まれています。梅津ユカという

自殺者まで出ている。そんなところへ調査団が乗り込んでくれば、どう動いても、政治的に見られますよ」

「公害調査は、純粋な学問研究とは違うということですか？」

「そうなんです。厳密にいって、ある病気が公害によるものかどうか、断定するのは、学問的には難しいことです。しかし、だからといって、この病気は、公害によるものとは断定できないという結論を出せば、それは、学問的には正しくても、結果的には、企業の弁護者になってしまうのですよ」

「冬木調査団は、そうした意味で、企業の代弁者になる可能性があると思うんですか？」

「僕は、あの中の何人かを知っています。学者としては、立派な方がたですよ。しかし、僕から見ると、古い型の学者です。学問というのは、真理の探究だといい、その結果について考えるのは、学者の領分ではないという姿勢なんです。原爆の方程式を明らかにするのが学問で、その原爆が使われようが、そんなことは学問とは何の関係もないという考え方ですよ。その姿勢が、現在の公害を生み出したともいえるんです。だから、公害調査団には、全く別の姿勢が必要なんですが、冬木調査団の先生がたに、果たして、それを期待できるか、あやしいと思っているんです」

吉川は、いかにも、若い高校教師らしい生真面目さでいった。

中原は、弁護士らしく、もっと実際的に考えた。

自殺した梅津ユカのために、裁判には、絶対に勝たなければならない。だが、冬木調査団は、吉川もいうように、中原の期待する調査報告は出しそうにない。むしろ、逆の報告書が出そうだ。そうなれば、裁判の勝利は、まず望めない。とにかく、相手は権威ある調査団なのだ。裁判では、当然、その報告書は決定的な力を持つに決まっている。

それなら、どうすればいいか。

「もう一つ調査団を作る必要がある」

と、中原は、ゆっくりといった。

「え？」

と、吉川が、びっくりしたように中原を見た。

中原は、微笑した。

「もう一つ調査団を作る必要があるといったんです。あなたは、今、権威ある冬木調査団は信用できないといい、企業の弁護人になる危険があるといった。それなら、対抗するために、われわれ独自の調査団を作る必要がある筈です。違いますか？」

「しかし――」

と、吉川は、一瞬、言葉を詰まらせてから、

「しかし、簡単に調査団を作るといっても――」

「難しいですか？」

「おいそれと、優秀な学者は集められませんよ。それに、調査団が活動するには、金が必要です。どこにあります？」

「金のないところは、熱意で補えばいいでしょう。現に、あなたが、それをやってるじゃありませんか」

「僕が？　僕は一介の高校教師にしか過ぎませんよ。何の権威もない――」

「そんなことは問題じゃない。調査結果が正確かどうかが問題なんでしょう？　それとも、あなたが作ったあの公害記録は、でたらめなんですか？」

「いや。あれは正確です」

「それなら、変な権威なんか問題じゃない。それに、僕は、あなたと違った意味で、冬木調査団に危険を感じているから、どうしてもわれわれの手で、もう一つの調査団を作らなければならないと思っているんです」

「どんなことです？」

「僕は弁護士だから、本当の学問は、どうあらねばならないかということは、わからない。だが、冬木調査団に、太陽コンツェルンの佐伯大造の息のかかっていることは知っているんです」

「本当ですか？」

吉川が、眼をむいた。

「本当ですよ。冬木教授を通商局に強く推薦したのは、佐伯大造です。それに、佐伯は、定年後に何か約束したのではないかという噂もある。僕は、この噂も事実だろうと思っているのです」

「僕には、信じられません」

「それは、冬木教授を、恩師としてしか見ていないからでしょう。どんなに立派な人間にも、暗い、弱い面があるものですよ。それに、定年間近いとなれば、どうしても、動揺がある筈です。そこにつけ込んで、佐伯大造が何かを約束し、その見返りを期待して、通商局に推薦したということは、十分に考えられるんじゃないかな」

「――――」

吉川は、黙って、また海に眼をやった。中原の言葉に反発して黙ってしまったのか、逆に、中原の言葉を否定できなくて黙ってしまったのかは、わからなかった。だが、そのいずれにしろ、中原は、吉川には、冬木調査団と戦って貰いたかった。

だから、中原は、相手の感情の詮索をやめて、強引に自分の考えを話した。話したというより、押しつけたといった方が正確かも知れない。

「だから、僕は、冬木調査団を信用できないのですよ。だから、あなたが中心になって、もう一つの調査団を作って、本当の公害調査をやって貰いたいんだ。死んだ梅津ユカのためにも、この町の住民のためにもです。やってくれますね？」

「しかし、誰がいます？」

吉川は、中原の強引さと、熱っぽさに苦笑しながら、首をかしげて見せた。

中原は、顔を突き出すようにして、

「いる筈ですよ。あなたのように、若くて、熱のある人が。錦ヶ浦高校の若い教師の中に誰かいませんか？」

「そうですねえ。協力してくれそうな人というと、館林先生くらいかな」

「若い人ですか？」

「三十歳の人です。専門は、生物学です」

「公害に対しての考えはどうです？　関心は持っていますか？」

「僕の調査に協力して下すっていますよ」

「それでは決まった。その館林という人に参加して貰いましょう」

「こちらで、一方的に決めても――」

吉川は、苦笑した。が、中原は、ニコリともしないで、

「冬木調査団は、明日から調査を始めるといっているのですよ。ぐずぐずしているわけにはいきません。今日、これからでも、会って説得して下さい。あなたが嫌なら、僕が代りに話をしてもいい」

「いや。僕が頼んで来ましょう」

と、吉川が笑いながらいった。

中原も、微笑した。

「これで二人決まった。他に、誰かいませんか？」

「やってくれればと思う友人が一人いるんですが、果たして、協力してくれるかどうか」

「どんな人です？」

「僕の大学時代の友人で、香取昌一郎という男です。僕と違って、素晴らしい秀才ですよ」

「今は、何をやっているんです？」

「大学に残って、人間工学の研究をやっていますよ」

「よろしい。その人も参加させましょう」

「いやに簡単にいいますね」

吉川は、また苦笑した。中原は、ニヤッと笑った。

「僕は、物ごとを楽観的に考える性質《たち》でしてね。これから東京へ行って、説得しましょう。東京のどこに行けば、その香取という人に会えます？」

「渋谷にあるニューシブヤ・マンションが住所です。彼が協力してくれれば、百人力なんですが」

「大丈夫。連れて来ますよ」

と、中原は胸を叩いて見せた。弁護士が商売だから、人を説得することには自信があった。

「それに、僕の友人に、大学で応用化学を教えている男がいるから、彼も連れて来ましょう。若いくせに変わり者ですが、頭のいい男です」

「全部参加してくれたとして、あなたも入れて五人。冬木調査団の七人には、数の上でも及びませんね」

吉川が、指を折りながらいった。中原は、

「確かにね」と、肯いた。

「しかし、勝負は、熱意いかんだと僕は思いますね。それに、あなたは、もう三年間も、錦ケ浦の公害について調査を続けてきた。つまり、われわれの調査団には、あなたが作られた基礎があるということです。いくら権威者の集まりの冬木調査団でも、たかが一週間くらいの調査に、こちらが負ける筈がないじゃありませんか」

そうでしょうというように、中原は、吉川の肩を叩いた。

2

京子を錦ヶ浦に残して、中原が東京に着いたのは、その日の夕刻だった。錦ヶ浦から戻ると、東京の空気の方が、かえって新鮮な感じだった。それくらい、錦ヶ浦の空気が、汚染されているということでもあるだろう。

中原は、まず、渋谷に出て、吉川のいった香取昌一郎という青年に会うことにした。

正直にいって、中原は、秀才型の人間は余り好きではない。が、今は、そんなことは、いっていられなかった。一人でも多くの味方が欲しかったし、優秀な人材なら、猶更である。

ニューシブヤ・マンションは、すぐわかった。渋谷駅に近く、真新しい十二階建てのビルである。管理人に、香取の部屋を聞いてから、エレベーターに乗った。吉川は、大学で人間工学を研究している男だといった。助手か、せいぜい助教授といった身分であろう。

それなのに、こんな豪華マンションに住んでいるところをみると、家が豊かなのか、それとも、上手いアルバイトの口を持っているらしい。

九階の教えられた部屋のベルを押した。

ドアがあいて、顔を出したのは、若い女だった。理知的な、美しい顔立ちをしていた。

中原は、香取の妻君かなと思ったが、彼が来意を告げると、彼女は、奥に向かって、「お客さまよ」といい、それから、妙に改まった口調で、「あたしは帰ります」といって、中原の横をすり抜けて、姿を消してしまった。

代わりに、白いセーターを着た長身の青年が顔を出し、中原に向かって、「何か用ですか?」と訊いた。

中原の嫌いな秀才タイプとは、かなり違った印象を受けた。顔は、運動選手のように、浅黒く陽焼けしていて、逞《たくま》しかった。中に通されながら、この男は、さぞ女性にもてるだろうなと思った。

応接間には、テニスのラケットと、トロフィが、棚を飾っていた。中原は、自然に、吉川が下宿している八畳の部屋と比較していた。

二人の住居が対照的なように、二人から受ける感じも対照的だと思った。

香取昌一郎は、いかにも現代風の青年だ。長身で、美男子で、運動選手のようにしなやかな身体をしている。それに比べて、吉川は、小柄で、見栄えがしない。

だが、中原は、そんな吉川の方が、好感が持てたし、信頼できる気がするのだ。

香取は、予想したような秀才タイプではなかったが、それでも、向かい合って腰を下ろすと、その視線に冷たさを感じた。

「吉川さんから、あなたのことを聞いて、今日は、お力を借りに伺ったのですよ」

と、中原は、名刺を渡してからいった。

香取は、「吉川？」と呟いてから、間を置いて、「ああ、あの吉川君ですね」と肯いた。

本当に、咄嗟《とっさ》に誰のことかわからなかったのか、わざと、とぼけたのか、中原には判断がつかなかったが、あまりいい気持ではなかった。吉川の方は、香取を親友のように話していたからである。

だが、今は、そうした小さなことに拘《かかず》ってはいられなかった。

中原は、錦ヶ浦のこと、冬木調査団のこと、自分や吉川がやろうとしていることを、手短かに説明した。

「それで、あなたにも、助力して頂きたいのですがね。吉川さんは、親友のあなたに助けて貰えれば百人力だといっていましたよ」

「もう一つの調査団とは、いかにも吉川君らしいな」

と、香取は、小さく笑って、

「彼は、昔から負け犬派だったからなあ」

「まだ負け犬と決まったわけじゃありませんよ」

中原は、堅い声でいった。相手が、少しずつ、彼の嫌いな秀才タイプに見え出してきた。

香取は、皮肉な眼つきになった。

「冬木調査団の方は、僕の恩師の冬木教授をはじめとして、そうそうたる顔ぶれですよ。それに対決して、勝てると思っているんですか？　もし、そうだとしたら、認識が甘いなあ」

「権威者必ずしも、いつも正しいとは限らんでしょう？　若さと熱意で、十分に対抗できますよ」

「資金は豊かなんですか？」

「資金？」

「亜硫酸ガスの自動測定装置だけでも、一台五十万円はしますよ。錦ヶ浦が、どのくらいの広さの町か知りませんが、少なくとも四ヶ所に設置する必要がある。これだけで二百万の金は必要ですよ。その点は大丈夫なんですか？」

「大丈夫とはいえません。正直にいって、殆ど資金なしで、戦おうと考えているんです。

亜硫酸ガスの自動測定装置などという立派な機械は、最初から考えていないんですよ。資材の不足は、熱意と人海戦術で補うつもりでいるんです。幸い地元の高校生が協力してくれる筈だし、吉川さんが、三年前から、地道にデータを集めてくれていますから、十分、冬木調査団に対抗できると思っているのですよ」

「竹槍精神だな」

と、香取は、小さく肩をすくめてから、

「データを集めているといっても、例のカンカラ運動のことでしょう？　アルカリ濾紙を入れたミルクの空缶を吊す――」

「そうです」

「あんなものじゃ、正確なデータは取れませんよ。それに、調査というのは、地表ばかりやっていればいいというものじゃない。むしろ、高層の気流や温度なんかが重要なファクターなんですよ。それを、どうやって調べるつもりです？　まさか高校生を風船にくくりつけ飛ばすわけにはいかないでしょう？　どうしたって、ラジオ・ゾンデを飛ばさなければならない。それも毎日ね。そうなれば、一週間の調査に、二、三千万の金は必要ですよ。それだけの資金があるんですか？」

「――」

中原は、唇を嚙《か》んだ。そんな金があるわけがなかった。自分の預金は、全部、今度のことに使うつもりでいたが、それも、百万もない。それに、香取の言葉は、痛いところを突いてもいた。確かに、吉川が高校生を使って、今までに集めたデータは、地べたを這《は》いずり回るようにして集計したものばかりだ。錦ヶ浦の公害の実態を完全に把握するためには、百メートル、二百メートル、三百メートルといった各層の気流、温度、亜硫酸ガス濃度を調べる必要がある。これは、人海戦術でできることではない。この男のいうように、ラジオ・ゾンデが必要だ。それが使えないとなると、冬木調査団に本当に対決できるだろうか。

「カミカゼ精神じゃあ、公害調査はできませんよ」

と、香取が、冷やかすようにいったとき、奥で電話が鳴った。「失礼」といって、香取は奥へ消えたが、五、六分して戻ってきたとき、その顔は、一層、冷たいものになっていた。

「残念ですが、あなたがたには協力できなくなりました。吉川君には、そう伝えて下さい」

「われわれに、資金が不足しているからですか？」

「それもありますが、今、電話で、冬木調査団に参加するようにいわれましてね。冬木教授は恩師ですから、断わり切れなくて」

香取は、肩をすくめて見せたが、顔は嬉しそうに笑っていた。

中原は、そんな相手に、つい、皮肉をいってやりたくなった。

「それで、何を約束して貰ったんです？」

「何のことです？」

さすがに、香取は気色《けしき》ばんだ。今度は、中原が、逆に、冷笑するような眼になった。

「明日から一週間の調査がすんだら、外国留学でも約束して貰ったんですか？　勿論、その費用は、太陽重工業あたりから出るんでしょうがね」

「失礼な。帰ってくれ」

香取は、甲高い声でいい、中原を睨んだ。

中原は、黙って立ち上がった。外に出たとき、断わられて、かえってよかったと思った。どんな秀才か知らないが、あんな青年が加わったら、かえって、連帯感を損うことになるだろう。

中原は、渋谷駅で、大学で応用化学を教えている旧友の伊丹に電話をかけた。電話口に出た伊丹を、中原は、

「どうだい？　久しぶりに一杯やらないか」

と、誘った。飲みながら話せば、頼みやすいこともあったが、香取昌一郎から受けた嫌

な気分を、酒で発散させたい気持もあった。

新宿にある行きつけの小さな飲み屋で会うことにした。その店の奥の三畳で、鍋を突つきながら飲むのが、二人の間のお決まりのコースになっていたが、伊丹にいわせると、その部屋の陽に焼けて黄ばんだ畳が、何ともいえずにいいのだそうである。

中原が、その「おたき」という飲み屋に着いたとき、伊丹は、もう先に来て、丸々と太った仲居をからかいながら、飲み出していた。

中原は、腰を下ろすと、「君に助けて貰いたいんだ」と、直截《ちよくせつ》にいった。

「金と女のことなら、おれは駄目だぜ」

と、伊丹は笑った。

仲居が、ちり鍋を火にかけた。中原は、煙草に火をつけてから、

「明日から一週間、学校を休めないか？」

「休めないこともないが、一体、何だ？」

「一緒に、錦ヶ浦へ来て貰いたいんだ」

中原が、今までの事情を説明すると、伊丹は、ふん、ふんと鼻を鳴らしながら聞いていたが、

「金にはならない仕事のようだな」

と、笑った。

「それに、勝ち目もあまりなさそうだ」

「それでも、助けてくれるか？」

「そうだな。まあ、いいだろう。おれも、海を見たくなったし、休講にすれば、学生が喜ぶからな」

「助かったよ」

中原は、ほっとした。香取から受けた不快感は、これで消えてくれそうだった。

十時近くまで飲んで、中原だけが、その日の中に、錦ヶ浦に戻った。

3

錦ヶ浦に着いたのは、夜半を過ぎていた。勿論、沼津からのバスも船もなく、タクシーを飛ばした。

錦ヶ浦の町は、深夜というのに、相変わらず、ざわついていて落ち着きがなかった。酔っ払った工員が、大声でわめいている。太陽石油《サン・オイル》の煙突からは、夜空に向かって、オレンジ色の炎が吹き上がっている。二十四時間操業をしているのだ。

午前一時に近かったが、中原は、吉川を訪ねてみた。

吉川は、まだ起きていた。

「ついさっき、館林さんが帰ったところですよ」

と、吉川は、明るい顔でいった。灰皿に、吸殻が山のようになっていた。

「すると、館林という先生は、引き受けてくれたんですね？」

「ええ。香取君の方はどうでした？」

「彼は、敵側に回りましたよ」

「敵側というと、彼は、冬木調査団に参加したんですか？」

吉川の顔に、落胆の色が走った。中原は、香取とのやりとりを思い出しながら、

「僕は、香取昌一郎が、われわれの仲間に加わらなかったことを、かえって喜んでいるんですよ。ああいう男は、かえって、連帯感を弱めて、マイナスになると思うんです」

「中原さんは、彼の優秀さをご存知ないからですよ」

「頭のいいことは、話をしていてわかりましたよ。だが、僕は、ああいうタイプは嫌いだな。女にはもてるでしょうがね」

中原が、何気なく、香取の部屋で会った若い女のことを話すと、吉川の顔に、ふっと、暗い影が走った。中原は、おやっと思い、好奇心がわいたが、相手を傷つけるのがいやで、

質問はしなかった。代わりに、友人の伊丹が、明日、助力に来ることを話した。

「僕を入れて、四人のミニ調査団ですが、何とかなるでしょう」

「飲みませんか」

と、ふいに、吉川がいった。調査団の結成を祝してという意味なのか、それとも、中原が、口をすべらせた女のせいなのかわからなかったが、中原は、「いいですね」と、すぐ応じた。

吉川は、押入れから、ウイスキーの角瓶と、クサヤの干物を持ち出してきた。

「ここでも、昔は、これが名物だったそうですよ」

と、吉川は、クサヤの干物を手にとって、中原にいった。

吉川は、あまりアルコールが強くないらしく、すぐ赤くなった。それにつれて、寡黙な吉川の口が、少しずつ軽くなっていった。

「中原さんは、女性の心理にくわしいですか？」

と、何の脈絡もなく、吉川が訊いた。

中原は、クサヤの干物をかじりながら、

「別にくわしくはないが、何です？」

「僕が、女性に好かれると思いますか？」

「そうですねえ」

中原は、吉川を見た。

吉川は、照れたように笑った。

「いいですよ。自分でも、魅力のない男だということはわかっているんです」

「外見にとらわれない女性もいますよ。というより、僕は、男より、女の方が、鋭い感覚を持っていて、相手が本物かどうかを見抜く力があると思っているんです。だから、立派な女性ほど、あなたの良さがわかると思いますがね」

喋りながら、中原は、香取の部屋で会った女の顔を思い出していた。吉川は、あの女のことを、暗に話しているのかも知れないと思った。

「彼女は誰です？」

「え？」

「僕が、今日、香取昌一郎のマンションで会った女性のことですよ。年齢は二十三、四かな。理知的で、なかなか魅力のある女性だった。吉川さんは、彼女を知っているんでしょう？」

すぐには、返事はなかった。吉川は、視線を夜の暗い海に向けたまま、

「冬木教授の娘さんです」

と、ボソッとした声でいった。

中原は、成程という気がした。そして、ひょっとすると、吉川は、彼女が好きなのかも知れないとも思ったが、中原は、わざと、海釣りのことに話題を変えてしまった。

旅館に帰ったのは、午前三時に近かった。京子の部屋をのぞくと、彼女は、邪気のない寝息をたてていた。

第三章　対　決

1

翌朝十時。

中原は、眠い眼をこすりながら、京子と一緒に、東京から来る伊丹を迎えに、桟橋へ出かけた。

相変わらず、茶褐色に汚れた海だが、その悪臭にも、いつの間にか馴《な》れてきていた。

漁師たちは、相変わらず小舟を湾内に出し、釣り糸をたれている。それは、まるで、漁師たちの執念のように見えた。

竜宮丸は、予定より十分ほど遅れて、到着した。

船からおりてきた伊丹は、大きく伸びをしてから、ぐるりと港を見回し、

「想像以上に、錦ヶ浦は、汚れているね」

と、中原にいった。

「船がここに近づくと、海の色が変わるだろう」

と、中原は、いった。

竜宮丸には、観光客の姿も見えたが、ここでおりる人はいなかった。皆、七ヶ浦以南に行くらしい。

京子とも顔見知りの伊丹は、「花束を持って来てくれなかったのかい？」と、彼女に向かって、首をすくめて見せたりした。

三人が、桟橋から離れたとき、ふいに、対岸の埠頭《ふとう》で、ブラスバンドの演奏が聞こえた。

三人は、思わず立ち止まって、そちらに眼をやった。いつも、巨大なタンカーが接岸している埠頭には、珍しく船の姿がなく、盛装したブラスバンドが整列し、町の有力者と思える老人たちが集まっていた。花束を持った和服姿の女性もいる。

「誰か、お偉方が到着するみたいだな」

と、中原が呟《つぶや》いたとき、頭上に爆音がした。見上げると、沼津の方向から、大型ヘリコプターが近づいてくるのが見えた。

草色に塗られたヘリコプターの横腹に、何か字が書いてあったが、次第に低く降下してきて、それが、「冬木調査団」と読めた。

ヘリコプターは、埠頭の上空を、ゆるく旋回してから、ゆっくり降下を始めた。出迎えの有力者たちは、風で乱れる髪や服を、あわてて押えている。

ヘリコプターが埠頭に着陸し、回転翼が静止すると、ブラスバンドの演奏の中を、調査団の連中がおりてくるのが見えた。和服姿の娘が、花束を持って近づいた。

「これは、これは」

と、伊丹は、大袈裟《おおげさ》に首をすくめて、

「大した乗り込み方だねえ。自弁で、船に揺られながらやってくるのとは、大した違いだ」

「向こうさんは、政府後援だからね」

と、中原は、苦笑した。

埠頭では、冬木調査団歓迎の儀式が始まっていた。何か喋っているずんぐりした男は、錦ヶ浦町長らしい。彼の歓迎の辞が終わると、調査団の連中は、二台の高級車に分乗して、どこかへ走り去った。ここには、高級ホテルが一軒だけあるそうだから、恐らく、そこへ案内するのだろう。

「おれには、迎えの車は来ていないのかね」

と、伊丹が、ニヤニヤ笑いながらいった。

「旅館は、歩いてすぐですよ」

と、京子がいい返した。

三人は、旅館に向かって歩き出した。ダンプが、その横を、土砂を振り落としながら走り抜けて行った。伊丹は、舞い上がった埃を手で払うようにしながら、

「これじゃあ、アメリカの機械化部隊と、ゴム草履の解放戦線の戦争みたいなものだな」

「ベトナムじゃあ、解放戦線は、対等以上の戦いをしているよ」

中原がいうと、伊丹は、

「あれは、民衆が味方についているからさ」

と、真面目な顔でいい、足をとめて、錦ヶ浦のメインストリートを、ぐるりと眺め回した。

「この町では、果たして、どうなのかね？」

「僕にも、よくわからん。夕方になれば、君に話した高校の教師が、旅館にやってくるから、大体の状況が聞ける筈だ」

「なんとか、ここの住民が、われわれの方を信頼するようにさせたいな。二つの調査団のどちらを選ぶかの権利は、住民にあるんだからね」

「さっき見た出迎えの仰々しさから考えて、町の有力者は、冬木調査団を全面的に支援するとみていい」

と、中原は、埠頭の方に眼を向けた。大型ヘリコプターは、まだ、ゆったりと翼を休めている。

「と、いうよりはだな」と、伊丹は、皮肉な眼つきになった。

「この町のお偉方は、公害ゼロの報告を期待しているんだと、おれは思うね」

「それはそうだろう。今の町長をはじめとする有力者たちは、コンビナート誘致に力を尽くした筈だからね。そのせいで公害が発生したとなれば、自分たちの命取りになりかねないからな」

問題は、一般の住民だが、彼等は、調査団に一体何を期待しているのだろう？

旅館に着くと、中原は、吉川から預かった公害日誌を、伊丹に見せた。いつか見たパンフレットではなく、三年間、毎日休むことなく記入した厖大《ぼうだい》なものだった。

裏には「錦ヶ浦高校公害研究所」と、気負った文字が書き込んである。生徒たちの労作でもあるのだ。

その部厚い公害日誌に、伊丹は、丁寧に、眼を通していった。冗談好きの彼が、珍しく寡黙になっていた。

「どうだね？」

と、中原が訊くと、伊丹は、顔をあげて小さく溜息《ためいき》をついた。

「参ったよ」

「参った？」

「こういうコツコツ調べたものを見ると、大学で、もっともらしい顔で教えている自分が、情けなくなるな。後ろめたさみたいなものだよ。大学で、いくら公害問題の講義をしたって、実際の公害が無くなるわけじゃない。本当に無くす力は、この日誌を作った人たちのように、地道に努力をしている人たちなんだ」

「君でも、謙遜《けんそん》することがあるんだな」

中原が笑うと、伊丹は、いつになく真剣な顔で、

「おれだって、真実の声の前には、謙虚になるさ」

と、いった。

昼すぎになると、町役場の広報車が、やって来て、ボリュームを一杯にあげたマイクで、お知らせを始めた。

〈錦ヶ浦の皆さん。本日、東京から、公害調査に偉い先生方が、お見えになりました。そ

の先生方が、午後六時から、町民会館ホールで、講演をなさいます。皆さん。お誘い合わせの上、お集まり下さい。本日午後六時からです〉

広報車は、行ったり来たりしながら、何度も、同じ放送をくり返した。

「やってるね」

と、伊丹は、通りを見下ろして笑った。

向こうも必死なのだと、中原は思った。だが、これはマイナスでもある筈だ。心ある住民の眼には、冬木調査団と町の上層部が、密着していると映るに違いないからである。

四時少し過ぎに、吉川が、痩《や》せて背の高い男を連れて、旅館にやってきた。その一寸猫背の感じの男が、吉川の話していた、生物学の館林という教師だった。

館林の喋り方には、軽い関西なまりがあった。中原がそれをいうと、大阪の高校に、三年ほどいたのだと、館林はいった。

「東住吉区の高校でした。一年目の冬に、近くの川に酔っ払いが煙草の吸殻を投げ捨てたことがあるんです。そうしたら、川が、ぱあッと燃えあがって、大騒ぎになりましたわ。原因は、どこからか廃油が川に流れ込んでいたんですね。公害ですわ。ここの高校へ移ってきたら、ここも公害。まるで、公害がわたしについて回ってくるような気がしますわ」

と、館林は、人の良さそうな笑い方をした。

伊丹が、公害日誌をほめると、吉川は、館林と顔を見合わせてから、

「あれが、もし立派なものだとしたら、それは生徒の手柄ですよ。今度も、生徒たちは、授業に支障のない限り、われわれに協力してくれるといっています」

と、微笑した。そんな三人のやりとりを見て、中原は、ほっとした。この調子なら、チームワークを心配する必要はなさそうだ。

「今晩、町民会館で、冬木調査団が講演するのを知っていますか?」

と、中原は、二人の教師に訊いた。

吉川が、「知っています」と、肯いた。

「町役場から、学校の方にも通知がありましたから」

「それで、聞きに行くつもりですか?」

「それを、ここへ来る途中、館林さんと話していたんです」

と、吉川がいった。

伊丹が、「みんなで行ってみようじゃないか」と、中原たちの顔を見回した。

「冬木調査団がどんなことを話すか、それで、どんな報告書を作るかを想像できるかも知れんし、住民が、どんな気持で調査団を迎えているのかも知りたいんだ」

伊丹の提案に、誰も反対しなかった。館林は、ニコニコ笑いながら、

「敵を知り、己を知れば百戦危うからずというやつですな」

と、古いことをいった。

旅館で夕食をすませてから、中原たち五人は、揃って町民会館へ出かけた。

町民会館も、町立病院と同じように、三階建ての立派なビルで、二階のホールは、もう満員に近かった。それが、住民の公害に対する関心の高さを示すものなのか、それとも、東京から偉い先生が来たというので、好奇心で集まったのか、残念ながら、他所者《よそ》の中原には判断がつかなかった。

中原たちが、ひとかたまりになって、後ろの方の椅子に腰を下ろしたとき、香取昌一郎が、近づいてきて、吉川に、「やあ」と声をかけた。胸に小さな造花をつけていた。

中原は、吉川の顔が、いくらかこわばるのを見た。香取は、中原も見たが、わざと無視した態度で、吉川にだけ、

「今度、冬木調査団に参加させられちまってねえ」

と、いくらか得意そうにいった。

「君も講演するのか？」

と、吉川が訊いた。

「一番最後にね。それまで、聴衆が残ってくれていたらの話だがね」

「亜矢子さんは、どうしている？」

「元気だよ」

「君とは、まだ結婚しないのか？」

「向こうはその気でいるらしいんだが、僕の方は、まだその気になれなくてねえ」

香取は、含み笑いをしてから、「じゃあ」と、演壇の方へ歩いて行った。亜矢子というのは、香取のマンションで会った女で、冬木教授の娘のことらしいと、中原は、見当がついたが、吉川に確かめることでもないので、黙っていた。

「キザな男だな」

と、中原の横にいた伊丹が、舌打ちをした。いかにも伊丹らしいいい方だったので、中原は、おかしくなって、笑ってしまった。京子に、「君はどう思う？」と、中原が、香取の感想を訊くと、彼女は、一寸考えてから、

「キザは確かですけど、女のあたしには、なかなか魅力がありましてよ。先生」

と、いった。

最初、安全工学の樋口教授が、演壇に立った。

白髪が見事な老人だった。中原は、二、三回テレビでお目にかかったことがあった。何

の番組かは忘れてしまったが、自信満々な喋り方だけは、記憶にある。

「私は、冬木調査団の一員として、ここにやって来ました。しかし、ここに公害があるからやって来たのではありません。その点を、誤解しないようにお願いしたい」

と、樋口教授は、よくとおる声でいい、ゆっくりと水を口に運んだ。

「私が、この錦ヶ浦に着いて、一番最初に感じたことを申し上げましょう。それは、この町が活気にあふれ、皆さんの血色が非常にいいということです。町長さんにお話を伺ったところによると、ここに、企業が進出して以来、町の収入は飛躍的に増加し、道路の舗装は完備し、下水道も、本年中に百パーセント完成すると聞きました。立派な町立病院も拝見しました。錦ヶ浦が活気に満ち、皆さんの顔色がいいのは、これなのだと合点がいった次第です。

最近、一部に、公害を恐れるあまり、企業の進出を頭から毛嫌いする人がいますが、これは大変な誤りです。そのいい例を申し上げましょう。

東北のF県にY村という寒村があります。ここに、三年前、企業進出の話が出たのですが、村民が公害を恐れて、村会で否決してしまったのです。

そのY村へ、私は、二週間ほど前に行って来たのですが、その悲惨さに驚いてしまいました。若い人たちは、働き口がないので、どんどん都会に流出してしまい、三年前千人を超えていた人口が、半分近くの六百人に減ってしまっているのです。道路も未舗装で、雨が降れば一夜で泥田に化してしまう有様です。第一、村民が一年間に納める住民税が、驚くなかれ、三百万円しかないのです。これでは何もできません。勿論《もちろん》、医者も来ないから、無医村です。恐らく、Y村は、そのうちに廃村になるだろうと、私は思っています。今、村民は、公害なんか心配しないで、企業を誘致しておけばよかったと後悔していますが、もう手遅れです。

その点、錦ヶ浦の皆さんは、非常に賢明な選択をされたわけです。公害、公害といわれますが、日本の高い技術水準をもってすれば、解決できないことはありません。現に、この町でも、公害が発生したという話は聞いていません。われわれが調査しても、恐らく、公害の事実は出て来ますまい――」

聞いている住民たちの顔は、きょとんとしている。物々しく乗り込んで来た冬木調査団の最初の講演が、あまりにも楽観的なものなので、呆気《あっけ》にとられてしまったのだろう。

「驚いた演説だな」

と、伊丹が呟いたとき、ホールの真ん中あたりで、突然、一人の青年が立ち上がって、

「バカヤロー」と怒鳴った。

「何いってやがんだ。現に一人死んでるんだぞッ」

青年は、いきなり、猛烈な勢いで、演壇に向かって走り寄った。突然の出来事だったので、みんなポカンとして眺めているだけである。制止しようとする者がいない。

青年は、忽《たちま》ち演壇に飛びあがり、今度は、樋口教授に殴りかかった。

「やめなさいッ」

と、樋口教授が、甲高《かんだか》い声で叫んだ。そのときになって、やっと、演壇のうしろに並んでいた町の有力者たちが、あわてて青年を押えにかかった。だが、その間にも、樋口教授は、二度、三度と殴られ、床に俯せに倒れてしまった。

警官が駈けつけて来て、陽焼けしたその若者は、やっと取り押えられた。が、会場は大混乱に陥ってしまい、そのあとに予定されていた講演は、全て中止になってしまった。

「とんだハプニングだな」

伊丹は、中原に向かって首をすくめて見せた。集まった住民も、何が何だかわからないという顔で、ぞろぞろと帰り始めた。

町民会館を出たところで、京子が、「先生」と、真剣な顔で中原を見た。

「さっき、警察に捕まった若い人ですけど」

「あの男がどうかしたのかい？」

「梅津ユカさんに恋人がいたといったでしょう。彼がそうじゃないかと思うんです。顔立ちが、七ヶ浦で聞いた人と似てるし——」

「そういえば、十八歳ぐらいだったな」

　中原は、町民会館をふり返った。

「名前は、何といったっけ？」

「鈴木晋吉さんです」

「警察に行って確かめてこよう」

「彼だったらどうするんです、先生？」

「貰い下げてくるさ」

「そんなこと、できます？」

「僕はこれでも弁護士ですよ。お嬢さん」

　中原は、おどけていってから、他の四人と別れて、一人で、錦ヶ浦警察署に向かった。

　町民会館から五、六十メートルのところにあった。ジープを改造したパトカーが二台、その前に駐車していた。交通事故が多いらしく、警察署の前の掲示板には、昨日の死者一、負傷五と出ている。

　中原は、名刺を示して署長に会った。チョビ髭を生やした五十二、三の署長は、新聞で見て、中原の名前を知っているといった。

「町民会館で暴れた青年は、どうしています？」

と、中原が訊くと、署長は、苦笑して、

「ここへ連れて来たら、だいぶおとなしくなりましたよ」

「名前は、鈴木晋吉といいませんか？」

「よくご存知ですな」

と、署長は、眼を大きくした。どうやら、京子の女性的な勘が当たったらしい。

「向こうは、僕を知らん筈ですが、彼は、自殺した梅津ユカの恋人なんです」

「ほう。それで、今日、町民会館で暴れたんですな」

「まあ、そんなところだと思います。それで、僕が引き取らせて貰いたいと思うんですが、どうでしょう？」

「そうですなあ」

「罪名は何です？　暴行と、公務執行妨害ぐらいのところですか？」

「まあ、そんなところですが、樋口先生は、告訴しないとおっしゃって下さったので、前科もないことでもあるし、このまま釈放しようかとも考えておったところなんです」

署長は、のんびりした調子でいい、結局、釈放ということになった。

警官に連れて来られた鈴木晋吉は、町民会館で見たときよりも、子供っぽく感じられた。

真っ黒く潮焼けした顔に、ニキビがポツンとふくらんでいた。いかにも、十八歳の顔だった。

「この人が、お前の保証人になって下さったので、釈放する。お礼をいいなさい」

と、署長にいわれると、晋吉は、警戒するような眼になって、中原を見た。

「おれは、こんな人知らねえよ」

「僕は、君を知っているよ。実は、死んだ梅津ユカさんと知り合いなんだ」

中原が、そういうと、晋吉は、「へえ」と、もう一度、彼の顔を見た。その眼は、いくらかなごんでいた。

外へ出たあと、中原は、告訴のことを、簡単に相手に話して聞かせた。晋吉は、黙って聞いていたが、聞き終わると、

「そんな生ぬるいことは駄目だ」

と、叫ぶようにいった。

「何故だね？」

中原は、わざとゆっくりと訊いた。

晋吉は、ペッと唾を吐いた。

「裁判なんかしたって、会社の奴等は、知らねえ、知らねえでごまかしちまうに決まって

るんだ。金なんか出すもんか」

「前にも、同じようなことがあったみたいな口ぶりだな」

「裁判はなかったさ。だけどさ。ユカちゃんのおふくろがぜんそくになったんだって、工場のせいなんだ。ユカちゃんの病気だって同じだよ。だけどさ。会社の奴等は、みんなユカちゃんや、ユカちゃんのおふくろが悪いんだといいやがったんだ。その上、休めば給料を引くし、馘《くび》にすると脅しやがった。だからユカちゃんは、自殺しちまったんだ」

突然、晋吉は、ポロポロ泣き出した。中原は、相手の怒りが本物なのを知った。十八歳の若者の怒りは、純粋なのだろう。それだけに、どう突っ走るかわからない怖さが感じられた。

「君の気持はわかるが、だからといって、今日みたいに、暴力を振るっても、何も解決しないよ。理論的に、ユカさんや彼女の母親の病気が、公害によるものだと証明しなければ駄目だ。これは、新しく出てくるに違いない被害者のためでもあるんだ。だから、僕は企業と県の責任者を告訴したんだし、何人かの仲間が集まって、錦ヶ浦の公害問題を解明しようとしているんだ。それで、君にも、われわれの仕事を手伝って貰いたいんだがね」

中原は、吉川や高校生のことを話した。

だが、晋吉の暗い表情は、変わらなかった。

「いやだよ」

と、彼は、ぶっきら棒にいった。

「おれは、おれのやり方でやるんだ」

「気にいらない相手を殴って、それで気がすむのかね」

「あんたの知ったことじゃないだろう」

「公害は、個人の問題じゃないんだ。錦ヶ浦住民全部の問題なんだ。このままでいけば、第二、第三の犠牲者が出るのは、目に見えている。それも防ぎたいんだ。そのためには、相手をただ殴るような個人プレイでは、何の解決にもならないんだ。それを君にもわかって貰いたいんだ」

「おれには、そんな難しいことは、わからないよ。面倒臭いことは嫌いなんだ。だから、おれはしたいようにする」

晋吉は、二、三歩後ずさりしてから、くるりと背を向け、夜の闇の中に走り去ってしまった。十八歳の若者の足は早い。中原は、追うのを諦《あきら》めた。

中原は、旅館に戻った。

京子は部屋にいたが、伊丹たちの姿は見当たらなかった。

「伊丹たちは？」

と、中原が訊くと、京子は、テーブルの上にのっているガリ版刷りのパンフレットを見せて、

「さっき、高校の生徒さんが来て、一緒に、そのパンフレットを配りにいらっしゃいました」

「配りに？　何処へ配るんだい？」

「町全体にですって。何でも、今日中に、錦ヶ浦の全家庭に配ってしまうんだって、皆さんすごく張り切っていらっしゃいましたわ」

「伊丹が、ビラ配りをやるとは驚いたな」

と、中原は、笑った。どちらかといえば、伊丹は、物ぐさな方だったからである。

中原は、煙草をくわえてから、パンフレットを手に取った。まだ、インクがよく乾いていないところをみると、刷りあがったばかりなのだろう。

住民の皆さんへ
錦ヶ浦の公害は、とうとう若い女性の自殺者を出しました。マスコミが取り上げ、それに驚いた通商局は、今日、各界の権威者からなる調査団を派遣して来ました。しかし、この調査団が、企業ベッタリであり、住民に対する配慮は、全く持っていないことを、

端なくも、町民会館での講演でバクロしてしまったのです。「東京の偉い先生」は、ひたすら、企業の進出を礼賛し、公害を心配するのは馬鹿だといわんばかりです。これはまるで、戦時中、平和を口にし、戦争反対を叫ぶ者は非国民だとののしった軍部と同じです。

皆さんは、錦ヶ浦の海が汚れているのをよくご存知です。気管支ぜんそくに悩む住民が増加しているのも、よくご存知の筈です。公害はすでに発生し、亜硫酸ガスの濃度も、すでに危険の域を越えているのです。このまま進行すれば、錦ヶ浦は、やがて、死の町と化してしまうでしょう。錦ヶ浦を第二の四日市や田子ノ浦にしてはならないのです。

そのためにはどうしたらいいのか。

まず、企業ベッタリ、通商局の手先でしかない冬木調査団を、この際、断固として拒否しなければなりません。何故なら、冬木調査団は、必ず、企業や政府に都合のいい報告書を作成し、現実に住民を苦しめている公害を隠蔽しようとするに決まっているからです。

住民のための、住民による調査を実施し、公害の実態を明らかにしなければなりません。そのために、私たちは、ここに、新しい一つの調査団を結成し、冬木調査団の欺瞞性をバクロすることに致しました。住民の皆さんの参加と協力を切望するものです。

中原は、生硬《せいこう》な文章が少し気になったが、今晩の町民会館でのことが、いち早く取り入れられていることには感嘆した。ガリ版刷りという幼稚な情報手段しか持たないことが、かえって、速報性を発揮しているのである。これが、多色刷りの立派なパンフレットにしようと考えたら、たとえ、印刷機械があったとしても、これほど素早く、町民会館の出来事は挿入できないだろう。

(解放戦線か)

と、中原は、伊丹の言葉を思い出して苦笑した。

その伊丹は、十一時過ぎに、疲れ切って帰ってきた。

「久しぶりに、自転車を乗り回したんで、足と尻が痛くなったよ」

と、伊丹は、畳の上にひっくり返った。

「自転車?」

「高校生が貸してくれたんだ。それに乗ってビラ配りさ。彼等は、まだやっているよ。今夜中に、全ての家庭の郵便受に投げ入れるのだといっている。すごいバイタリティさ。明日の朝、錦ヶ浦の全住民が、このビラを見ることになるわけだ」

「ホテルにも配ったのか？」

「勿論だよ。ホテルに泊まっている冬木調査団の連中にも、読んで貰いたいからねえ」

と、伊丹は、笑った。

「それで、明日からは、どう調査を進めるんだ？」

中原が訊くと、伊丹は、腹這《はらば》いになって、煙草に火をつけてから、

「明日は土曜日だから、午後から、二、三十人の高校生が手伝うといっていたよ」

「しかし、道具は？」

「例のカンカラが主役になるだろうね。それに、もうじき端午の節句だ」

「端午の節句が、公害調査と関係があるのかい？」

「関係があるのは、鯉のぼりだよ。どこの家でも、鯉のぼりを押入れから出している。だからこれで、風向きを調べようというわけだ。二百戸の鯉のぼりを調べれば、二百ヶ所の風向きがわかったことになる。考えてみれば、鯉のぼりと、風向きを測る吹き流しとは同じだからね。生徒の発案だということだが、これは、学者的発想というより、いかにも市民的発想だな」

伊丹は、小さく笑ってから、二人の傍で、ビラを読み返している京子に、

「すまないが、足と尻をもんでくれないか。明日も、今日同様、自転車で走り回らなければ

ばならないんでね」

と、頼んだ。

「足はもんで差しあげますけど、お尻はだめ。伊丹先生は、ときどき、おならをなさるから」

と、京子がいうと、伊丹は、あはははと、声に出して笑った。

中原は、東京で会ったときの、香取の言葉を思い出していた。香取は嫌いだが、彼が指摘した点は、気になっていた。上空の気温や風向きを、どうやって測るのかという問題だった。まさか、鯉のぼりを、百メートル、二百メートルの高さにまであげるわけにはいかないだろう。

「他にも、測定しなければならないファクターがあるだろう?」

と、中原は、伊丹に訊いた。

「勿論あるよ」

「それを、どうやって調べるんだ? 鯉のぼりとカンカラだけじゃあ、間に合わないだろう?」

「確かにそうだ。正直にいって、おれは、ここに来るとき、器具の不足が致命傷になるんじゃないかと、それが心配だったんだ。だが、おれは、あの二人の高校の先生や、生徒たちと話をしているうちに、自分の心配が杞憂《きゆう》だとわかったよ。彼等に教えられたといってもいい。例えば、大気の温度も調べなきゃならないんだが、明日は、生徒全員が寒暖計を持ってくるといっている。三十名の生徒が、三十本の寒暖計を持ってくれば、三十ヶ所の気温を測れるわけだからね」

「しかし、上空の温度や風向きだって測る必要があるだろう?」

「そうだよ」

「どうやって、百メートル、二百メートル上空の温度や風向きを測るんだ? 鯉のぼりをそんな高さまであげられないだろうし、寒暖計をゴム風船にぶら下げるわけにもいかないだろう? 寒暖計は上げられたとしても、目盛りを読むために下におろせば、目盛りは元に戻ってしまうだろう?」

「どうすると思う?」

「さあ。冬木調査団は、ラジオ・ゾンデでも飛ばすんだろうが、われわれには、勿論、そんなものはないからな」

「山があるよ」

「山?」

「そう。山だよ。幸いなことに、この錦ヶ浦は山に囲まれている。ラジオ・ゾンデはないが、われわれには足がある。山の高さもわかっている。ラジオ・ゾンデを上げる代わりに、寒暖計と小さな鯉のぼりを持って、山へ登れば、いいんだ。二百メートルの山に登れば、二百メートル上空の風向きと温度がわかる。百メートル登ったところで測れば、百メートルの風向きと温度がね。これも、あの二人の教師と生徒が考えついた方法だよ」

「竹槍戦術か――」

「ああ。解放戦線に参加したインテリは、農民から多くのことを学んだそうだが、おれも、ここへ来て、多くのことを学んだよ」

伊丹は、生真面目な顔でいった。

2

翌朝、中原は、やかましいヘリコプターの爆音で眼をさました。

起き上がって、窓をあけると、昨日の大型ヘリコプターが、上空を飛び回っているのが見えた。

眺めていると、錦ヶ浦湾の上空で、発煙筒を投下した。どうやら、それで、海面の風向きを調べるらしい。中原は見ていて、自然に苦笑した。鯉のぼりとは、たいした違いだと思ったからである。

昼近くなると、冬木調査団は、トラックで、亜硫酸ガスの自動測定装置四台を、錦ヶ浦に運び込み、町の四ヶ所に設置した。香取が一台五十万円はするといった機械である。機械の傍には、屈強なガードマンも配備された。通商局が傭《やと》ったのか、錦ヶ浦町が傭ったのか、わからなかった。あるいは、企業側が金を出したのかも知れない。とにかく、そのものものしさで、住民の注目を集めた。

午後に入って、吉川と館林の二人の教師が、数人の生徒を連れて、旅館にやってきた。他に二十人以上の生徒が、すでに、調査活動に走り回っていると、吉川はいった。

「自動測定装置は、見たかい？」

と、伊丹が訊くと、館林が、しわくちゃのハンカチで額の汗を拭きながら、

「ここへ来る途中で見ました。実は、うちの学校でも、ああいう機械が欲しいと思っていたんですわ」

と、正直ないい方をした。それに続けて、屈託のない顔で、クスクス笑い、機械をよく見ようと手を触れたら、危うく、ガードマンに殴られそうになりましたといった。

吉川の方も、別に、冬木調査団の持ち込んだ自動測定装置にショックを受けてはいない様子だった。

「優秀な機械ですが、たった四台です。その点、われわれのカンカラ作戦は、素朴な方法ですが、数の上で圧倒的にまさっています。とにかく、今度は生徒五十人に一つずつ持たせて、各自の家の軒先に吊るさせましたからね。つまり、測定場所が五十ヶ所、この町の殆ど全域をカバーしています」

と、吉川は微笑した。

「これから六日間、毎日、同じことを、根気よく繰り返すわけですわ」

と、館林が、関西なまりでいった。

「風向き、温度、亜硫酸ガス濃度、それに、湾内の水質、これらを、毎日、それも、一日何回と決めて、測らなならんですわ」

「水質検査は、何処で？」

と、伊丹が訊くと、吉川が、

「学校の化学実験室の使用を、校長が許可してくれましたので、そこでできます。あまり立派な実験器具はありませんが、アンモニア、リン酸、ナトリウムの検査はできます」

「それだけできれば上等だ。これは、おれが受け持とう。二、三人生徒を借りたいな」

伊丹がいうと、吉川は、三人の生徒を指名した。生徒たちは、張り切っていた。その一人が、「どうぞ」と、自転車の一台を、伊丹に差し出した。

「また自転車か」

と、伊丹は、苦笑したが、それでも、元気に三人の生徒と一緒に出かけて行った。

「僕は、何をやったらいいんです?」

中原が訊くと、吉川と館林は、顔を見合わせた。

「何をやって頂いたらいいですかねえ」

と、吉川は、頭に手をやった。生徒が笑い声をあげた。勿論、悪気がないのはわかっているのだが、中原は、自分が何となく頼りなく思えてしまった。寒暖計を持って走り回る自分の姿を想像するのは、何となくおかしかったし、高校生より役に立たないような気がした。京子までが、おかしそうにクスクス笑い、「こんなに頼りなさそうな顔をした先生って、はじめて見ましたわ」といった。

中原は、苦笑して、

「何でもやりますよ」

と、いった。

「中原先生には、遊軍として働いて頂いたら、どないでしょうか」

と、館林が、いった。

「遊軍って、何です?」

中原が訊くと、館林は、また、ハンカチで汗を拭いてから、

「冬木調査団の人たちは、立派な方だとは思いますが、正直にいって、信用できんのですわ。それで先生に、向こうが不正をせんかどうか、監視して貰いたいんです。正式な調査で対抗するのなら、負けん自信がありますが、不正をやられたんでは、かないませんので」

「向こうが、不正をやると思いますか?」

中原が訊くと、今度は、吉川が、

「表だった不正はやらないと思います。立派な肩書のある先生がたですからね。しかし、企業に不利な事実が出ると、それを隠すかも知れないし、町の有力者や会社の責任者は、われわれを妨害すると思うのです。何かの拍子に衝突したら、法律の専門家でない私たちには、どう処理していいかわからなくなります。ですから、中原先生は、万一に備えて頂きたいわけです」

と、落ち着いた声でいった。

「いいでしょう」

と、中原は、肯いた。

吉川と館林は、残りの生徒を連れて、出かけて行った。

「われわれも出かけようか」

と、しばらくして、中原は、京子を見た。

京子は、変な顔をして、

「でも、先生は、遊軍に回されちゃったんでしょう？」

「町の様子を見たいんだ。それに、一つ心配なことがあるんでね」

「心配なことって、何ですの？」

「鈴木晋吉のことだ。彼を見つけ出したい」

「七ヶ浦に帰ったんじゃないんですか？」

「そうならいいんだがね。昨日の様子だと、ここに残っていて、また何かやりかねない。まあ、大したことはしないだろうと思うが、彼のためにもならないし、この調査にもマイナスになるからね」

中原は、京子と連れ立って、町に出た。

陽差しが強い。京子は、眼を細めて空を見上げてから、「あらッ」と、びっくりしたように声をあげた。

「今日は、青空が見えるわ」

確かに、彼女のいう通りだった。いつも、重苦しく頭上を蔽《おお》っていたスモッグが消えている。ここに来てから、中原が青空を見るのは、はじめてだった。館林が、やたらに汗を拭いていたのは、陽差しが強かったせいだろう。

太陽石油《サン・オイル》の煙突に眼をやると、昨日まで、猛烈な炎を吹きあげていたのに、今日は、嘘《うそ》のように、煙が少ない。他の工場も同じだった。錦ヶ浦コンビナート全体が、まるで死んだように、ひっそりと静まり返ってしまっている。

自然に、中原の顔に苦笑が広がった。

「これから六日間は、毎日、青空が見られるかも知れないな」

「でも、これじゃあ、本当の調査にならないじゃありませんか」

京子は、口を尖らせた。

「企業側も必死なのさ」

「でも、インチキですわ。調査団が来ている間だけ、煙を出さないなんて」

「企業にとって、これは、戦争だから、どんな卑劣《ひれつ》な手段でもとってくるよ。だが、ここで毎日生活している住民は、ごまかされはしないだろう。それに、吉川さんたちは、三年前からデータをとっている。そのデータが物をいうと思うね」

それに、錦ヶ浦湾のあの汚れだって、消えはしない筈だ。亜硫酸ガスの濃度は、一時的に薄められても、あの茶褐色に汚れ切った海を、調査団のいる間だけ、きれいにしておくわけにはいかないだろう。

町は、相変わらずざわついていた。が、どこかいつもと違っていた。青空がのぞいていることもあった。が、その他に、ところどころの家で、いくらか早い鯉のぼりを立てているせいだった。

青空をバックに、鯉のぼりは、勢いよく泳いでいる。

（やってるな）

と、中原は微笑した。

あの鯉のぼりの下には、生徒たちが一人ずつ頑張って、一時間ごとに風向きを記録している筈である。

町角のところどころに、生徒の姿が見えた。彼等は、たいてい自転車を傍におき、寒暖計をのぞき込んで、温度をメモしたり、腕時計を見て、時間を測ったりしていた。寒暖計の形もさまざまなのが、微笑を誘った。女生徒などは、人形の形をした可愛らしい寒暖計を使っている。

生徒たちは、周囲の山腹にも、寒暖計を手にして登っている筈だった。中原は、彼等の活躍ぶりを見に行ってみようかと思ったが、途中で思い直して、やめてしまった。素人の自分が行っても、邪魔になるだけと考えたからである。彼等は、高校生だが、とにかく、三年前から公害と取り組んできた専門家なのだ。

中原は、海岸へ出て、伊丹たちの作業を見ることにした。その途中でも、歩きながら、周囲に気を配ったが、鈴木晋吉の姿は見当たらなかった。あの若者は、どこへ消えてしまったのだろうか。

桟橋に出ると、丁度、七ヶ浦行の竜宮丸が着いていた。中原は、急に思い立って、

「ご苦労だが、もう一度、七ヶ浦に行ってくれないか」

と、京子にいった。彼女は、勘よく、中原が何もいわない先に、

「鈴木晋吉が、ちゃんと七ヶ浦に帰っているかどうか、調べて来るんでしょう」

「そうだ。どうも気になるんだ。向こうへ着いて、彼のことがわかったら、旅館の方へ電話してくれ」

と、中原はいった。

京子を乗せた船が、出港したあと、中原は、湾内に、伊丹たちの姿を探した。

最初のうち、漁をしている小舟のかげにかくれていたが、その小舟が移動すると、ゴムボートに乗っている伊丹と、三人の生徒の姿が見えた。

「おーい」

と、手をふってみたが、聞こえないようだった。それだけ、真剣に作業をしているのだ

ろう。

しばらくすると、伊丹たちのゴムボートは、ゆっくり岸に戻ってきた。近くまで来て、伊丹は、やっと中原に気がついたらしく、「おう」と、太い声をあげた。

ゴムボートの中は、海水を採取した小さなビンがゴロゴロしている。中原が驚いたのは、そのことより、伊丹たちが、ずぶ濡れだったことだった。

「まだ泳ぐには早いだろう？」

と、中原が、からかうと、伊丹は、黙ってニヤニヤ笑った。生徒の一人が、手拭で、ゴシゴシ顔を拭いてから、

「漁師は、気が立っているんです」

と、いった。

「漁師にやられたのかい？」

「ああ」

と、今度は、伊丹が肯いた。

「近づいたら、いきなり、海水を頭からぶっかけられたよ」

「やっぱり、漁師は、公害という言葉に、アレルギーを持っているんだな」

「それもあるらしいが」

伊丹は、いったん言葉を切り、生徒たちが、ビンをゴムボートから自転車に積み替えるのを見守りながら、

「明後日《あさって》から、アカネエビが解禁になるんで、余計に気が立っているらしい」

「アカネエビ？」

「ここでしか獲れない小さなエビだそうだ。ピンク色をした三センチくらいのエビだ」

「それなら、佃煮になったのを食べたことがあるよ」

と、中原がいった。美味《うま》かったが、あのエビの名前がアカネエビというのも知らなかったし、錦ヶ浦の特産とも知らなかった。

伊丹は、先に生徒たちを帰してから、中原と並んで浜に腰を下ろした。

眼の前の海は、相変わらず汚れ切っている。太陽石油《サン・オイル》や、他の工場が、一時的に操業を自粛しても、この海の汚れは消えはしないだろう。錦ヶ浦にコンビナートが進出したのが五年前だから、五年間、海を汚し続けたことになる。それを六日間で帳消しにしようと考えるのは、ムシが良すぎるのだ。

伊丹は、濡れた上衣とシャツを脱いで、上半身裸になった。痩せてゴツゴツした身体である。ガイコツという学生時代の彼のアダ名を思い出して、中原は微笑した。

「そのアカネエビは、こんなに海が汚れていて、死んでしまわないのかね？」

「年々、獲れる量は減っているらしいが、去年までは、ともかく獲れたらしい。それに、去年は、アオヤギがめちゃくちゃに獲れたんで、アカネエビの減った分は、十分にカバーできたと、生徒が教えてくれたよ」

「今年は、どうなんだ？」

「明後日《あさって》になってみなければわからないが、県の水産課では、去年より増えている筈だといっているそうだ」

「こんなに海が汚れているのにか？」

「おれに文句をいっても仕方がないだろう」

と、伊丹は、笑ってから、

「アカネエビというのは、ひどく高価なエビらしい。ここの漁民たちの最大の収入源というわけで、その解禁が迫っているんだから、気が立っているのも無理がないんだ」

伊丹は、生徒から聞いた話として、アカネエビの漁期には、工場で働いている若者も、休暇をとって、漁船に乗るのだといった。

「ところで、冬木調査団の姿が見えないじゃないか」

と、中原は、小手をかざすようにして、海面を見た。

「三十分ばかり前に、大型のモーターボートで、湾を出て行ったよ。冬木調査団と書いた旗を立てていたから、あれがそうだろう」

「何処へ行ったんだ？」

「さあねえ」

と、伊丹は、笑ってから、

「外洋に、トローリングでもしに行ったんじゃないのか。爺さん連中は釣りが好きだからな」

と、彼らしい皮肉をいった。

3

夕方になると、中原たちは、県立錦ヶ浦高校の化学実験室に集まった。

ここでの主役は、あくまでも、吉川や生徒たちである。中原は、おとなしく隅の椅子に腰を下ろして、彼等が、持ち寄ったデータを集計したり、海水を分析するのを眺めていた。

都会の高校のそれに比べたら、この化学実験室は狭いし、実験器具も乏しいように見える。だが、ここには、自分たちの手で、公害の実態を究明しようとする熱気があった。

女生徒も、三人加わっていて、作業が一段落すると、彼女たちが、実験用のガスバーナーを使って、お茶を淹《い》れてくれた。

中原は、館林が生物学の教師と聞いていたのを思い出して、アカネエビのことを質問してみた。

「今年も、アカネエビは、獲れそうなんですか？　県の水産課は、去年より増えているといっているそうですが」

「それですがねえ」

と、館林は、美味そうにお茶をすすってから、

「わたしも、関心がありましたから、県の水産課の報告というのを、見せて貰いました。要するに、魚群探知器で調べたら、アカネエビの群れと思われる反応が、何ヶ所かであったということなんですわ。本当にアカネエビなのかどうかは、わからんのです。だから、実際に網を入れてみるまでは、増えているのか減っているのかは、断定できませんわ」

「僕は、素人だからよくわからないんですが、あんなに海が汚れていても、アカネエビは死なないんですか？」

「アカネエビのことは、専門家にも、まだよくわかっておらんのです。微細なプランクトンを食べて成長し、産卵期は四月下旬から五月上旬、一度に二千個ぐらいの卵を産む。このくらいのことしか、わかっていないのです。とくに、海水の汚染に、どの程度の抵抗力

があるかという重大な点は、全くわかっていないんですわ。だから、アカネエビの生態というものを徹底的に研究し、同時に、錦ヶ浦の海も、隅から隅まで調べる必要があるんですが、われわれには、残念ながら、資金も器材もありません」

館林は、県の水産課にも、何度か要望書を出しているが、一向に腰を上げてくれませんと、中原に苦笑して見せた。

「ここの漁民にとっては、アカネエビは、生活を支える大事な収入源ですが、県や国という立場から見ると、小さな取るに足らぬ問題なんでしょうなあ」

館林のいい方は、彼の人柄をそのまま示すように静かで落ち着いたものだったが、受け取り方によっては、痛烈な皮肉に聞こえる言葉だった。

伊丹や吉川も、今日の作業のことについて、意見を述べ、生徒たちも、自分の感想を口にした。

生徒たちが、異口同音にいったのは、今日のコンビナートの状態は、いつもと違うということだった。

「今日みたいに、工場が強い自主規制をやっているときのデータは、意味がないんじゃないですか。それに、明日は日曜日で、殆どの工場が休みですから、データは、もっと低くなると思うんです。そんな数字を、錦ヶ浦の実状だと報告されたら困ると思います」

と、深刻な顔で訴える生徒もいた。

彼等は、一人として、冬木調査団を信用していなかった。勿論、彼等が、冬木調査団の一人一人について、正確な知識を持っているとは思われなかった。だから、彼等の考えは、若者特有の直感力から来ているのだろう。

あるいは、日ごとに汚れていく郷土を眺めている間に、権威というものに対する不信感が、彼等の中に生まれて来ているのかも知れない。

お茶を注いで回った女生徒の一人は、その気持を代表するように、

「ふだんは、錦ヶ浦のことなんか考えたこともない人が、一週間ばかり、チョコチョコ調べただけで、ここの公害の実態がわかる筈がないわ。どんな偉い先生か知らないけど」

と、憤懣《ふんまん》やる方ないという顔でいった。

もう一人の女生徒は、こんなことを話した。今日、錦ヶ浦ホテルの近くで、気温を測っていると、冬木調査団の一人が、ホテルから出て来た。それで、私たちは三年前から、この町の公害調査をやっている。報告書を作るときには、ぜひ、それも参考にして下さいと頼んでみたのだという。

「そうしたら、なんて答えたと思う？ 調査団としては、正確で冷静な報告書を作りたいから、第三者の意見は採用しないことにしている、ですって。まるで、あたしたちの調査

を雑音扱いよ」

と、丸顔の女生徒は、顔を紅潮させて、いった。

伊丹は、面白そうにニヤニヤ笑っていたが、吉川は、軽い当惑の色を見せてから、「まあ、そう怒らんで」と、その女生徒をなだめた。

「冬木教授は、僕の恩師だからね。一度会って、錦ヶ浦の実状を説明してみるつもりだよ。僕も、君たちと同じように、あの調査団には不満だが、できれば、対決というようなことは避けたいんだ。対決ばかりが浮き彫りにされてしまうと、どうしても、公害そのものが後回しになってしまうからね」

対決を避けたいというのは、吉川というこの青年教師の持っている優しさであろう。だが、対決することになるかどうかは、一に、冬木調査団の出方にかかっている。冬木調査団の一人は、女生徒に向かって、「正確で、冷静な報告書を作りたい」といったそうだが、そうした、いかにも昔ながらの学者的な考え方が、すでに、時代遅れで間違っていると、中原は思うからである。

最近、イタイイタイ病について、患者勝訴の判決があったが、それでもなお、イタイイタイ病の原因は、カドミウムではないと主張している学者のいることを、中原は知っている。その大学教授は、カドミウム説を立証するためには、長い期間にわたる人体実験が必要だという。彼の態度は、ある意味で、正確といえるかも知れない。

だが、現実に患者が発生し、患者は勿論、その家族も苦しみに喘《あえ》いでいることを考えると、その大学教授の学問的な正確さや冷静さが、ひどくグロテスクに思えてくるのだ。

さらに考えれば、公害問題に、果たして、絶対的な正確さなどというものが、あり得るのだろうかという気もしてくる。イタイイタイ病の原因をカドミウムにするには、まだ疑問が残ると主張するとき、それは、学問的には正確で、冷静な報告かも知れないが、その報告は、企業の免罪符になってしまい、患者の苦痛を倍加させる役にしか立たない筈である。

冬木調査団は、意識的にそれをやるかも知れない。

4

旅館に戻った中原を待っていたのは、鈴木晋吉の行方がわからないという、七ヶ浦からの京子の電話だった。中原は、彼女に、もう一日七ヶ浦に泊まって、鈴木晋吉の行方を、もう少し追ってみてくれと頼んで、電話を切った。

翌日の日曜日、錦ヶ浦コンビナートは、完全に操業を停止した。

旅館の女中の話によると、太陽石油《サン・オイル》は、休日でも、今までは、操業を休んだことはなかったという。

「あの煙突から、煙が出ないなんて、工場ができてから、はじめてのことですよ」

と、小太りの女中は、不思議なものでも見るように、白と黒のまだらに塗られた太陽石油《サン・オイル》の煙突を指さした。

青空は、昨日よりも一層、広さを増したように見える。

その青空を、朝早くから、冬木調査団のヘリコプターが飛び回っていた。

伊丹は、自分たちの頭上を、まるで示威行動でもするように飛び回っているヘリコプターを見上げて、中原に苦笑して見せた。

「今日のデータを、どう使うかが大きな問題だな」

と、伊丹は、いった。

「工場が操業を停止すれば、これだけ亜硫酸ガスが減るというような報告なら、公害の実態を際立たせる効果がある。だが、ふだんの日の数値を薄めるために使われたら、コトだよ。六日間の平均という中に、今日のデータを繰り込めば、必ず数値は低下するからね」

「そんな使い方をするだろうか？」

中原は、スモッグの消えた青空を見上げて、伊丹に訊いた。それは、質問の形をとっていたが、不安の表現といった方が当たっていた。

「恐らく使うだろうね。平均値というのは、不思議な魔力を持っているからな」

と、伊丹は、笑いを消した顔でいった。

中原にも、伊丹のいう意味が、よくわかった。確かに、「平均的日本人」といういい方が示すように、平均イコール代表という意味にとられる傾向がある。それだけならまだいいが、平均即正確と受けとられかねない。

伊丹が、不安に感じているのも、このことに違いない。

特に公害の場合、平均値を使うことは意味がないし、危険ですらあるだろう。それは、正確でないだけでなく、公害の実態を蔽いかくす効果しかないからである。

一週間のうち、亜硫酸ガスの濃度〇・三ＰＰＭの日が四日あり、〇・二ＰＰＭという政府の基準を超えていたとしても、他の三日がゼロなら、平均値は、忽ち、〇・二ＰＰＭ以下に低下してしまうのである。勿論、これは極端な例だが、似た状態が、冬木調査団によって、引き起こされる心配があった。

吉川と館林の二人の高校教師、それに生徒たちも、昨日と同じように、町に出て、データ集めに走り回った。伊丹は、昨日に続いて湾内の水質調査を受け持った。

冬木調査団と、やることは同じである。だが、吉川たちの目的は、数値を薄めるためにではなく、ふだんの日の汚染が、いかにひどいものであるかを証明するためだった。

中原は、例によって遊軍役だった。

昼近くに、七ヶ浦にいる京子から、中原に電話が入った。相変わらず鈴木晋吉の行方はわからないという。中原は、今日一日調べてわからなければ、錦ヶ浦に戻ってくるようにいった。

受話器を置き、中原が旅館を出ようとしたところへ、ひょっこり、東都新聞記者の日下部が入って来た。

日下部は、ハンカチで、額に吹き出す汗を拭きながら、

「冬木調査団の取材に来たんだ」

と、中原にいった。

中原は、彼を部屋に通し、女中に、冷たい飲物を運んで貰った。

「この前来たときより、陽差しが強いじゃないか」

と、日下部は、苦笑してから、

「伊丹も、ここへ来ているんだって？」

と、共通の友人のことを口にした。「ああ」と、中原は肯いた。

「僕が頼んで来て貰ったんだ。彼は、今、地元の高校生と一緒に、水質検査をやっている

よ」

中原は、その間の事情を簡単に説明した。

日下部は、「ほう」とか、「あの伊丹がねえ」などと、相槌《あいづち》を打ちながら聞いていたが、聞き終わると、「面白いな」と、笑った。

「自転車とヘリコプターの対決か。まるで、解放戦線とアメリカだな」

と、伊丹と同じことをいった。誰にも、そんな風に見えるらしいと、中原は苦笑してから、

「どんなたとえでも結構だがね。記事にするんなら、冬木調査団と一緒に、吉川先生や生徒たちのことも、書いて貰いたいな」

「どうやら君は、カンカラ調査団の方を信用しているらしいな」

「僕もその一員だからね。君だって、事実を見れば、冬木調査団よりわれわれの方を信用するようになるさ」

中原は、自信を持っていった。

日下部は、一休みしてから、カンカラ調査団の取材をやりたいといった。

中原は、日下部と揃って旅館を出た。

頭上に広がる青空。太陽が眩《まぶ》しい。昔の錦ヶ浦は、これが常態だったのだ。

「竜宮丸で、美人と一緒だったよ」

と、歩きながら、日下部がいった。唐突ないい方だったので、中原は、「え？」という顔になった。

「一寸冷たい感じの人だったな。普通、観光客は、錦ヶ浦を避けて、七ヶ浦以南に行くもんだが、彼女の行先が、同じ錦ヶ浦だというんで、いろいろと話してみた。それで驚いたんだが、彼女が誰だかわかるかい？」

「僕にわかる筈がないだろう」

中原が、苦笑すると、日下部は、一寸声を落として、

「名前は、冬木亜矢子。冬木教授の一人娘だ」

「――――」

中原は、香取昌一郎の顔と、彼のマンションで会った若い女の顔を思い浮かべた。そして、吉川の顔もである。

「どんなことを話したんだ？」

間を置いて、中原が訊いた。

「たいした話はしなかったよ。彼女は、父親に会いに来たのだといっていた。なかなか頭のいい女性だよ」

「父親以外の名前は、出なかったのか？」

「そりゃあ、どういう意味だい？」

と、日下部は興味を感じたという顔で、中原を見た。

「何だか、彼女のことを知っているような口ぶりだな」

「知らないが、ただ――」

と、中原は、一寸迷ってから、

「さっき話した吉川という高校教師だがね。大学では、冬木教授に教えを受けた青年なんだ」

「ほう。じゃあ、師弟対決というわけか」

「彼は、なるべくなら、対決はしたくないと考えているよ。ただ、彼と話をしているとき、ふっと、冬木教授の娘のことが話題になったことがあるんだ。そのとき、彼が、苦しそうな表情をしたのが気になってね」

「恩師の娘に恋をしたというやつか」

日下部は、ひどく俗っぽいいい方をした。

中原は、苦笑した。

「その辺のことは知らないが、彼にとって、冬木亜矢子という女性が、苦悩の対象だということは確かなんだ。だから、彼に会ったとき、彼女が来ていることは、話さない方がいいと思うんだがね」

「オーケイ。しかし、案外、二人は愛し合っているんじゃないのかね。彼女がここへ来たのも、父親に会うというのは、表向きで、本当は、その吉川という男に会うためかも知れんぜ」

日下部が、笑ったが、中原は、「それならいいんだが――」と、語尾を濁した。

恐らく、違うだろうと、中原は思う。彼は、スポーツマンのように、浅黒く陽焼けした香取昌一郎の顔を思い出した。彼は、今、冬木調査団の一員として、錦ヶ浦ホテルにいる。冬木亜矢子は、恐らく、彼に会いに来たのだ。

彼女を挟んで、香取と吉川の間に、どんな確執があったのか、中原は、勿論、知らないし、今は知りたくもなかった。

だが、中原は不安を感じた。冬木亜矢子の出現によって、錦ヶ浦の公害調査という真剣な仕事が、俗っぽい三角関係にすり替えられはしまいかという不安である。

企業の防衛本能というのは、想像以上に強烈である。もし、吉川たちの地道な調査が認められ、冬木調査団の報告が、公害の実態をかくす役に立たなくなったら、住民の批判をそらすために、企業側は、この三角関係を利用するかも知れない。恋に破れた恨みを晴らすために、吉川が、生徒たちを扇動して、冬木調査団に反対したのだというようなデマをである。

考え過ぎかも知れないが、弁護士の中原としては、そこまで考えなければならなかった。

「どうしたんだ？ 考え込んじゃったじゃないか」

と、日下部が、中原の顔をのぞき込んだ。

5

その日の夕方になって、急に、冬木調査団が中間報告を行なうという知らせがあった。まだ、調査団が来て三日目である。それも、実質的な調査が行なわれたのは、昨日、今日の二日間でしかない。その段階で、中間報告をやるというのは、いかにも性急すぎる感じだったが、これは、どうやら、冬木調査団自体の発案というよりも、漁民たちの強い要求によるものらしかった。

明日から、錦ヶ浦湾とその周辺で、アカネエビが解禁される。漁民たちにとっては、最大の収入源である。それが、公害を理由に買い叩かれては、たとえ漁獲量が多くても収入は減ってしまう。その不安が、冬木調査団に圧力をかけさせたのだろう。

漁民たちにしてみれば、アカネエビの収獲前に、権威のある冬木調査団から、錦ヶ浦は汚染されていないというお墨つきを貰いたいのだ。錦ヶ浦の海が汚れていることを、もっともよく知っている筈の漁民たちが、汚染されていないという証明書を欲しがっているのだ。奇妙といえば奇妙だった。が、それだけ、錦ヶ浦の公害の持つ深刻さがあるともいえるだろう。

中原たちも、町民会館に出かけた。

町民会館ホールは、先日と同じように超満員だった。が、違うのは、会場の一隅を、一目で漁師とわかる陽焼けした男たちが占領していることだった。漁師のカミさんらしい女たちも一緒だった。

中原は、今日の報告会が荒れそうな予感がした。

新太陽化学の人事課長や、太陽石油《サン・オイル》の渉外課長の顔も見えた。二人は、演壇の後方に並んで腰を下ろしていたが、時々、何か話し合い、笑い合っていた。その様子は、自信満々に見えた。その顔は、冬木調査団の中間報告が自分たちに不利なものである筈がないと、確信しているような表情だった。

（ひょっとすると――）

と、中原は、軽い疑惑に捉えられた。企業の上層部では、前もって、中間報告の内容を知っているのではあるまいか。それほど、二人の顔は、自信に満ち、楽しそうだった。

中原は、視線を二人から外し、集まった人々の中に、冬木亜矢子と、鈴木晋吉の姿を探したが、どちらも見つからなかった。

冬木亜矢子の姿のないことを、吉川のために、良かったと思った。しかし、鈴木晋吉の方は、見当たらないことが、かえって、中原を不安にした。あの若者は、一体、どこで何をしているのだろうか。

日下部は、新聞記者の気安さで、陽焼けした漁民たちの間を歩き回って取材し、中原のところへ戻ってくると、

「相当、殺気だっているね」

と、小声でいった。

「そうだろうな」

「錦ヶ浦が汚染されているという報告でも出そうものなら、相手を殺しかねない」

「その点で、漁民と企業とは、奇妙に利害が一致しているんだ」

と、中原は、首をすくめて見せた。本当は、利害は一致してはいないのだ。加害者と被害者の利害が一致する筈がない。あの茶褐色に汚れた海を見ただけで、利害の一致が、幻想にしか過ぎないことがわかる筈なのだ。だが、漁民たちは、いつ幻想と気づくだろうか。

冬木調査団のメンバーが、入って来て、ざわめいていた会場が、急に静かになった。

演壇には、金屏風《びょうぶ》が立てられ、調査団のメンバーは、その前に、並んで腰を下ろした。

一番端に香取の顔も見えた。

司会役の町長が、気取った調子で、

「これから、冬木調査団の先生方に、中間報告をして頂きます」

と、マイクに向かっていったとき、突然、会場の一角から、荒々しい拍手が起きた。漁民たちだった。その拍手は、自分たちに都合のいい報告を期待する、というより、強要しているように、中原には感じられた。

「頼むぞッ」

と、大声で怒鳴る漁師さえいた。

冬木教授が、マイクの前に立って、また、荒々しい拍手が起きた。

冬木は、やや当惑した表情で、その拍手が止むのを待った。

会場が静かになると、冬木は、内ポケットからメモを取り出して、ゆっくりと広げた。

「では、二日間の調査の結果を、簡単に報告いたします」

と、冬木は、いったあと、早口で、数字を並べていった。

その数字は、吉川たちには、意味がわかったが、猛烈な早口の、それも棒読みのために、一般の人々には、意味がわからないようだった。大半の人々が、ポカンとした顔で聞いている。

「数字ばかり並べてないで、おれたちにもわかるように話してくれ」

と、漁師の一人が、しゃがれた声で叫んだ。

冬木は、その声を、手を軽く上げて制してから、

「私が今、数字を並べたのは、今度の調査が正確なものであることを示したかったからです。その点は、どうやら納得して頂けたと思いますので、これから、具体的な話に入ることに致します。まず、錦ヶ浦の海の汚染状態でありますが、二日間に、合計十六ヶ所で、海水を汲みあげて、水質検査を致しましたところ、生物に害を与えるような汚染は発生していないことが、判明しました。また、二回にわたって網を入れ、アジ、キス、メゴチなど、約八種類の魚を採集して解剖しましたが、異常は認められませんでした。ついでに申しあげると、私どもは、その魚をフライにして食べましたが、非常に美味でした。こうした結果から判断して、錦ヶ浦の海は汚染されておらず、同様に、魚類も、汚染されていないという結論に達したのであります」

冬木の話し方は、相変わらず早口だった。早口は、いつもの癖なのか、それとも、後ろめたさが、つい早口にしてしまうのか、冬木をよく知らない中原には、判断がつかなかっ

た。わかるのは、冬木が嘘をついているということだった。もし、嘘をついているのでないのなら、冬木と、彼の調査団は、事態を楽観視しすぎているのだ。そして、公害問題の場合、楽観的すぎるのは、罪悪であろう。

だが、漁民たちは、わあッと歓声をあげた。中には、大声で万歳を叫ぶ者まであった。

錦ヶ浦漁業協同組合の組合長だという五十歳ぐらいの男は、演壇に駈け寄って、冬木に握手を求め、それから、中原の横にいた日下部のところへ、小走りに走って来て、「記者さんッ」と、興奮した声を出した。

「今の団長さんの報告を、ぜひ、東京の新聞に載せて下さい。そうしてくれると、アカネエビが、高く売れますからね。もともと、ここで獲れるアカネエビは、新鮮で美味いもんなんだから」

「勿論、冬木調査団の中間報告は、東京に送りますよ。もう一つの調査団のものと一緒に」

日下部が、冷静に答えると、組合長は、「もう一つの？」と、険しい顔になった。

「もう一つとは、何のことです？」

「ここの高校の教師や生徒たちで作っている調査団のことですよ。ご存知でしょう？」

「記者さん。あんたは、あんな変人たちのいうことを、真に受けて、新聞に取りあげる気なんですか?」

「変人?」

「自分で自分の首を締めるようなマネをする人間は、変人でしょうが」

組合長が、吐き捨てるようにいったとき、前方に腰を下ろしていた吉川が、突然、立ち上がった。

「調査団の方がたに質問があります」

冬木の視線が、発言した吉川に向けられた。その顔に、当惑の色が浮かんだのは、質問したのが、自分の教え子だと気がついたからに違いない。

「つまらん質問なんかするなッ」

と、漁民の一人が怒鳴った。が、吉川は、構わずに、壇上の冬木に向かって、

「錦ヶ浦の海が汚染されていないという結論には、何としても、承服しかねます。あの茶褐色に汚れた海や、臭気は、調査団の方がたも、その眼や鼻で、見たり、嗅いだりされた筈です。それでも、汚染なしといわれるんですか? 私たちの調査によれば、工場の廃液によって、錦ヶ浦の海は、完全に汚染されています。特に、タンカーの接岸する埠頭付近や、錦川の河口近くは、廃油の汚染もあって、酸素量ゼロに近い数字を記録しています。調査団は、一体、どこの海水を分析されたんですか? どこの海で、網を入れて、魚を獲

られたんですか?」

吉川の声は、かすかにふるえていたが、語調は、はっきりしていた。

その質問を補足するように、続いて、伊丹が立ち上がった。彼の方は、もっと無遠慮だった。

「私も、二日間、錦ヶ浦湾の水質を調べたが、それに照らしてみると、あんたが、今、並べた数字や、汚染なしという言葉は、全く信用できない。錦ヶ浦の海は、完全に汚れている。水銀、カドミウム、シアンの量などは、東京湾のそれをオーバーしている。つまり、死の海といわれる東京湾以上に、ここの海は汚れていることになる。あんたがたは、一体どこの海水を分析したんだ?」

「錦ヶ浦の海面、十六ヶ所です」

と、冬木は、そっけなく、前の言葉を繰り返した。

「では、その場所を、地図で示して下さい」

と、吉川は、引き退がらずにいい、伊丹も、

「その十六ヶ所で、もう一度、一緒に、海水の分析をやってみようじゃないか。きっと、あんたがたのインチキがわかる」

と、大声でいった。

冬木の顔が、引きつったように見えたが、そのとき、例の漁協の組合長と、もう一人の漁師が、いきなり、吉川と伊丹の二人に殴りかかった。

中原や館林が、それを止めようとすると、今度は、数人の漁民が、駈け寄ってきて、会場内は、収拾のつかない混乱に落ち込んでしまった。

中原も、二、三発殴られた。彼も殴り返した。近くで子供が悲鳴をあげ、怒声が、それに蔽いかぶさった。

第四章　死　者

1

翌朝の錦ヶ浦湾は、漁船がひしめいていた。いつもは、人手不足と、漁獲量の減少で、浜に引き揚げられたままになっていた漁船も、今日は、アカネエビの解禁ということで、一斉に出漁している。

アカネエビは、二隻の漁船が組み、網で海底をさらうようにして獲る。いつもは、工場の騒音の中で、ひっそりとしていた浜が、今朝は、漁民の歓声と、焼玉エンジンのひびきで賑《にぎ》やかだ。

中原たちは、旅館の窓から、複雑な気持で、浜の賑いを眺めた。

昨夜、町民会館の混乱のとき、背後から殴られた後頭部が、まだズキズキするが、中原は、漁民たちを恨む気にはなれなかった。彼等が、あれほど興奮し、暴力にまで訴えたのは、中原や吉川たちに対する憎しみからというより、アカネエビの暴落に対する恐怖からと思うからである。

「昨日のハプニングは、これからの公害調査に、どうひびくだろうか?」

と、中原は、朝食のあとで、伊丹と日下部に訊いてみた。

昨夜おそく、七ヶ浦から戻った京子は、まだ、自分の部屋で眠っている。

「昨日わかったことはだな――」と、伊丹は、言葉を吟味するように、ゆっくりといった。

「第一に、冬木調査団の結論が、われわれの恐れていたように、現実を無視した、楽観的なものになるだろうということだな。従って、どうしても、対決せざるを得ないということだ。第二は、予想以上に、われわれに対する漁民の反感が強いということだ。正確にいえば、われわれに対する反感というより、公害の烙印《らくいん》を押されることに対する恐怖といってもいい。これは、冬木調査団以上に、われわれにとっては大敵だよ」

「君はどうだ?」

と、中原は、日下部を見た。日下部は、錦ヶ浦湾に眼をやって、

「僕は、新聞記者だから、住民の眼で、判断したいんだ。冬木調査団に味方はしないが、そうかといって、君たちの肩を持つというわけにもいかん」

「公害には、きれいごとは通用しないぞ」

「わかってるさ」

と、日下部が肯いたとき、浜の方が、急に騒がしくなった。

大声で、男の叫ぶ声が聞こえた。が、何をいっているのかわからなかった。

三人は、窓から乗り出すようにして、海に眼をやった。

錦ヶ浦湾に出ている漁船の様子が変だった。本来なら、二隻一組で操業している筈なのに、四、五隻が、湾の中央あたりにひとかたまりに集まり、乗っている漁師たちが、何か浜に向かって大声で叫んでいる。

「何かあったらしい」

と、日下部は呟くと、カメラをつかんで、部屋を飛び出して行った。

「記者さんは、さすがに素早いね」

と、伊丹が笑った。

ひとかたまりになっていた漁船の中から、一隻だけが、甲高いエンジンのひびきをたてて、浜に戻りはじめた。中原は、眼をこらしたが、まだ、何が起きたのかわからなかった。

町役場の方から、駐在の巡査が、自転車を飛ばしてやってくるのが見えた。

そのうちに、冬木調査団のヘリコプターまで飛来して、浜の上を低空で旋回しはじめた。

どうやら事件が起きたらしい。それも、冬木調査団に関係があるような感じだ。

「行ってみよう」

と、中原は、伊丹を促した。廊下に出たところで、寝呆《ねぼ》け顔の京子に、危うくぶつかりそうになった。

「朝っぱらから、事件なんですか？　先生」

と、京子が訊くのへ、中原は、笑って、

「君は、まだ寝ていなさい」

と、いってから、伊丹と旅館を飛び出して、浜に急いだ。

浜には、小さな人垣ができていた。日下部は、その中で、漁船に向かってカメラを構えていた。

中原と、伊丹は、背後《うしろ》から近づいて、

「何があったんだ？」

と、中原が訊いた。日下部は、カメラを構えたまま、

「水死体が見つかったらしい」

と、堅い声でいった。

もう一人、巡査が駈けつけて来て、二人で、浜にいる群衆の整理をはじめた。半円形に

ロープが張られ、中原たちは、その外に追い出された。

浜に戻った漁船から、布《カンバス》に包まれた死体が、浜におろされた。日下部が、新聞記者の特権を利用して、ロープをくぐり抜け、死体に近づいて行った。

町立病院の車が、到着し、布《カンバス》に包まれたままの死体を、あっという間に運び去ってしまった。中原は、爪先立ちをして、のぞき込んだが、ロープの外からでは、死体が男か女かもわからなかった。

戻って来た日下部に訊くと、

「驚いたよ」

と、彼は、興奮した顔で、中原と伊丹を見た。

「死んだのは、冬木教授だ」

「冬木だって」

伊丹が、呻《うめ》くような声を出した。

中原も、驚いたが、冬木教授の死を、どう受け止めていいかわからず、押し黙ってしまった。

頭上を飛び回っていたヘリコプターも、いつの間にか、姿を消していた。調査団のスタッフも、今頃は、あわてふためいて、町立病院へ急行していることだろう。

「何故、死んだんだろう？」

　中原は、誰にともなく訊いた。頭の中では、これが、公害調査や、彼の訴訟にどう影響するだろうかと考えていた。

「まだ何もわからないが、皮肉だったのは、冬木の死体が、海水で汚れていたことだね」

と、日下部は、中原にいった。

「ぬれた服に、べっとりと廃油がくっついていたよ。昨日、彼は、錦ヶ浦の海は汚染されていないといったのにね」

　そのあと、日下部は、死因を調べてくるといって、町立病院へ走って行った。

　中原と伊丹が、旅館に戻ると、京子が眼をキラキラさせて、

「冬木調査団の団長さんが、死んだんですって？」

と、中原の顔を見た。彼が肯くと、

「誰に殺されたのかしら？」

と、まるで、殺人事件と決まったようないい方をして、中原と伊丹を苦笑させた。

　日下部は、なかなか戻って来なかった。

　それが、中原を不安にした。もし、京子の想像が当たっていて、冬木が殺されたのだとすると、一体、どういうことになるのだろうか。

日下部が、旅館に戻って来たのは、昼近くになってからだった。

病院、警察、それに調査団の泊まっているホテルと、取材に回って来たのだと、日下部はいった。

「やっぱり、殺人事件だったんでしょう？」

と、京子が、先回りした聞き方をした。日下部は、苦笑して、

「調査団のスタッフは、昨夜、埠頭を散歩していて、誤って海に落ちたんじゃないかといっていたね」

「散歩？」と、中原は、首をかしげた。

「冬木教授には、そんな習慣があったのかい？」

「ひとりで散歩するのは好きだったらしい」

「しかし、夜の埠頭というのは、まだ寒いんじゃないのかねえ。散歩しているのを目撃した人間がいるのかな？」

「それは、今のところないようだ」

「娘の亜矢子は、どうしている？」

「病院で会ったよ。いろいろと話を聞きたかったんだが、父親だと確認すると、すぐ、ホテルへ帰ってしまった。こっちも、肉親の言葉が欲しいんで、ホテルまで追いかけて行っ

たんだが、自分の部屋に閉じこもってしまって面会謝絶なんだ」

「娘さんなら、無理はないわ」

と、京子は、同情するように声を落とした。

「だが、彼女は、父親の遺体を見ても、一滴も涙をこぼさなかったな」

と、日下部がいった。

中原は、冬木亜矢子の理知的な顔を思い出した。あのときは、一瞬の出会いでしかなかったが、父親の死に、涙をこぼさなかったという日下部の話が、抵抗なく受け止められるような気がした。あの女には、涙はふさわしくない気がするのだ。

「警察は、どう見ているんだ？」

と、中原は、弁護士的な興味で訊いた。日下部は、煙草に火をつけてから、

「今のところ、事故死の考えを持っているようだが、他殺の可能性も無視できないので、解剖に回すといっていたね」

「きっと殺されたのよ。そうに違いないわ」

京子は真剣な顔で、自説を繰り返した。そんな彼女の顔を、日下部は、面白そうに見て、

「何故、殺人だと思うんだい？」

「特別な理由はないんだけど、調査団が二つあって、それが火花を散らしていれば、何と

なく、殺人事件でも起こりそうな雰囲気になるんじゃないかしら。それに、この町だって、真っ二つに割れていると思うんです。ぜんそくに悩まされている人や、高校生なんかは、公害反対だし、企業の関係者や漁民の人たちは、公害を認めない方で、その間には、すごい感情的な対立があると思うんです。それに、恋人に自殺された鈴木晋吉って若者もいますわ。だから殺人事件が生まれる要素は、ありすぎるほどあると思うんですけど」

京子は、そうでしょうというように、中原たち三人の顔を見回した。

中原は、彼女の考えを、ヤジウマ的な、無責任なものだと、簡単に決めつけられないのを感じた。

確かに、この町には、今、危険な空気がある。

企業側も必死なら、漁民たちも明日の生活がかかっているのだ。何人かのぜんそく患者は、苦痛と戦っているし、梅津ユカは、自殺した。

そうした人たちの運命を、二つの調査団が握っているのだ。そして、片方の調査団の責任者が死んだ——となれば、事故死と考えるより、他殺と考える方が、むしろ自然かも知れない。

中原は、日下部を見た。

「君の新聞記者的な勘では、どうなんだ？　この事件を殺人と思うかい？」

「そうだな。事故死にしては、タイミングが良すぎる。いや、悪すぎるというべきかな。今、僕にいえるのは、そんなところだよ」

2

冬木教授の死は、それが、事故死か他殺か、決定する前から、微妙な影響を人々に与えはじめた。

アカネエビの漁に出ていた漁船は、まだ陽の高いうちに、一斉に漁をやめて、浜に引き揚げてしまった。アカネエビが殆《ほとん》ど網にかからず、それを、死人が海に浮かんだためだと考え、縁起をかついだのである。

町の人々の間にも、いろいろな噂《うわさ》が流れた。冬木教授は、酔っ払って埠頭から落ちて溺《でき》死《し》したんだという無責任な噂もあった。この噂には、ぐでんぐでんになって歩いている教授を見たという目撃者まで現われた。日下部が、その噂を追ってみると、目撃者など一人もいないことがわかった。第一、冬木教授は酒が飲めないのだ。

冬木教授は殺されたに違いないという噂も、勿論あった。だが、中原が関心を持ったのは、犯人としてあげられている名前が、鈴木晋吉ではなく、吉川だったことである。それだけ、町民会館ホールでの冬木教授との対決が、人々に強烈な印象となって残っているのだろう。あのときは、伊丹も立ち上がって、冬木に抗議した筈だが、伊丹の名前が住民の口にのぼらないのは、吉川に比べて、馴染《なじ》みがないからだろう。それに、地元高校の教師という吉川の地位も重要なファクターになっているようだ。地元高校教師の殺人となれば、噂話の恰好《かっこう》のネタなのだ。

勿論、これも、根も葉もない単なる噂だが、中原は、不吉な予感に襲われた。殺人と決まったとき、警察も、真っ先に、吉川を疑うのではないかと思ったからである。

夜に入って、解剖結果を訊きに回っていた日下部が、町立病院から戻ってきた。彼は、興奮していた。

「予感は当たったよ。解剖の結果、冬木教授は死後、海に落ちたとわかった。つまり、誰かが、殺したあとで、海に突き落としたんだ。殺人だ」

日下部の言葉は、中原にとっても、ある程度予期されたものだったが、それにも拘《かかわ》らず、彼は、ショックを受けた。これで、吉川は、警察にマークされるだろう。

日下部は、そんな中原の心配をよそに、ひとりで興奮していた。

「これで、明日は、この町に新聞記者が、どっと押しかけてくるぞ」

と、彼は、甲高い声でいい、東京へ電話するために、階下《した》へ降りて行った。

中原は、伊丹と顔を見合わせた。

「警察は、町の噂を無視するわけにはいかないだろうな」

と、中原は、難しい顔で、伊丹にいった。伊丹が、「ああ」と肯くと、横で聞いていた京子が、

「でも、あの真面目な先生が、人を殺す筈がありませんわ」

と、抗議する調子でいった。中原は、苦笑し、「勿論だよ」と、肯いた。

「僕が心配しているのは、容疑者にされたときの影響だ。すぐ容疑が晴れないと、われわれの調査活動にも支障をきたすし、何よりもわれわれの信用が失われる」

「その点は、おれも同感だ」

と、伊丹は、窓の外の暗闇に視線を向けた。

「彼が警察に逮捕されるようなことにでもなれば、企業側は、必ず、それを悪宣伝に使うに決まっている。殺人容疑者が加わっている調査団のデータなんか信じられないとね。この町の住民が、われわれを白い眼で見るのは避けられないし、漁民たちは、もともと、われわれを憎んでいるから、それ見たことかというだろうな」

伊丹は、そこまでいってから、まだ、吉川が、警察にマークされたわけではないことに気がついたらしく、ひとりで苦笑した。中原も、釣られて笑った。が、その笑いは、広が

ってはいかなかった。事件が進んでいったとき、笑える可能性は少ないという予感があったからである。

日下部が、電話をかけ終わって戻って来た。

「明日、カメラマンが来る。他の社も当然やってくる。この殺人事件で、この町は、一躍、脚光を浴びるぞ」

と、日下部だけは、張り切っていた。そんな友人を、中原は、いささか当惑の眼で眺めて、

「溺死でないとすると、冬木教授の死因は何なんだ?」

と、訊いた。

「溺死じゃないとはいわなかった筈だよ」

「しかし――」

と、中原は、呆気にとられて、日下部を見た。

「しかし、冬木教授は、殺されてから海に突き落とされたんだろう?」

「ああ」

「それでも溺死なのか?」

「少し不謹慎ないい方だが、そこが面白いんだ。解剖したところ、肺には、塩水が入って

いた。明らかに溺死の症状だと医者はいったよ」

「しかし、それなら──」

「まあ聞けよ。だから面白いんだ。肺の中に入っていた塩水は、非常にきれいな塩水だったんだ」

「きれいな塩水？」

「そうだよ。例えば、水道の水に塩を入れてかきまぜたようなね。もし、埠頭から落ちて溺死したのなら、肺の中には、あの薄汚れた錦ヶ浦湾の海水が入っていなければならない筈なのにだよ」

「──」

「これで、僕が面白いといった意味がわかるだろう。冬木教授は、錦ヶ浦の海は、汚染されていないと、昨日、言明した。だが、彼の死が他殺と断定されたのは、錦ヶ浦の海が汚染されていたためなんだ。大袈裟にいえば、運命の皮肉というやつだよ」

「すると、犯人は、何か器《うつわ》に、塩水を作っておいて、それに冬木の顔を押しつけて殺し、そのあと、埠頭から投げ込んだというわけか？」

「警察は、そう考えているようだ」

「死亡時刻は？」

「昨夜の十時から十一時までの間だ」

「吉川さんに、その間のアリバイがあるといいんだが」

と、中原は呟いてから、腕時計に眼をやった。もう、とっくに、学校から帰っている時刻だ。中原は、吉川に会って、彼のアリバイを確かめようと思った。そうしなければ、安心できなかったからである。

中原が、出かけるというと、日下部も同行するといった。

二人は、旅館を出ると、海沿いの道を、吉川が下宿している雑貨屋に急いだ。まだ九時を回ったばかりで、町はざわついていた。が、その賑やかさも、気のせいかいつもと違っているように感じられた。

雑貨屋に着くと、店の前に人だかりがしていた。中原は、胸騒ぎがした。

人垣をかきわけるようにして、店に入った。そこにいた店の女主人に、

「吉川さんは？」

と、訊くと、相手は、興奮した顔で、

「それが大変なんですよ。ついさっき、警察の人が来て、連れて行っちまったんです」

「警察が来た？」

日下部が、大きな声を出した。女主人は、コクンと肯いて、

「吉川先生は、どうやら、東京の偉い先生を殺した犯人らしいですよ」

まるで、吉川が、もう犯人と決まったようないい方をした。集まった人々も、彼女の言葉に肯くような表情をしている。中原は、自分の不安が的中したような気がした。吉川が無実であっても、逮捕された時点で、教師としての信頼を急速に失ってしまうだろう。それは、吉川個人にとどまらず、館林や、献身的な生徒たちに対する住民の信用を失わせる結果にもなりかねない。

中原と日下部は、顔を見合わせた。被害を最小限に喰いとめるためには、一刻も早く、吉川を釈放させなければならない。

二人は、錦ヶ浦警察署に向かった。

町民会館の近くにある警察の建物の前には、すでに、県警のパトカーが来ていた。

中原と日下部は、弁護士と新聞記者の身分証明書を見せて、中へ入った。応対に出たのは、中年の刑事だったが、吉川に会わせて貰いたいという中原の要求には、

「今、取調べをはじめたところですから、会わせるわけにはいきませんね」

と、そっけない口調でいった。

中原は、署内の空気が、痛いほど緊張しているのを感じた。警察にとっても、今度の事件は、単なる殺人事件以上のものなのだろう。刑事たちは、誰も彼も、堅い表情をし、と

きどき、中原たちを強い眼で見た。

「逮捕の理由は何ですか？」

と、中原は、眼の前の刑事に訊いた。

「殺人容疑です」

中年の刑事は、堅い声でいった。

「証拠は？　逮捕する以上、それだけの証拠があってのことでしょうね？」

「勿論、証拠なしに、警察は逮捕はしませんよ」

中年の刑事は、落ち着いた声でいった。中原は、相手の自信にあふれた態度に、吉川の無実を信じながらも、ふと、不安に襲われた。

「その証拠というのを、聞かせて貰えませんか？　彼の弁護士として聞きたいんですがね」

「いいでしょう。錦ヶ浦ホテルの従業員が、昨夜の十時少し前に、彼が、ホテルの被害者の部屋に入るのを目撃しているのですよ」

「しかし、それだけでは、犯人とは断定できないでしょう？　冬木教授は、彼の大学の恩師なんだから、ホテルに訪ねても、別に不思議はない筈ですがね」

「しかし、冬木調査団とは対立していた。町民会館ホールでは、昨日、派手な乱闘もあった。それなのに、論争した相手を訪ねて行くというのは、単に大学時代の師弟というだけでは、納得できませんがね」

「状況証拠でしかない。それも、説得力のない状況証拠だ」

中原がいうと、相手は、苦々しい顔をしたが、

「勿論、われわれは、これだけの理由で、吉川を逮捕したわけじゃありませんよ。他にも理由はあります」

「どんな理由です？」

「犯人は、死体を、埠頭から投げ込んだと、われわれは見ています。その埠頭で、昨夜十一時半頃、駐在の巡査が、吉川を目撃しているのです。そのとき、吉川は、ふらふらと、埠頭から引き返してくるところだったと、巡査は、証言している。そればかりか、巡査と視線が合うと、逃げるように走り去ったというのです」

「それだけじゃあ、決定的な証拠とはいえないなあ」

今まで黙っていた日下部が、新聞記者らしい無遠慮さで口を挟んだ。

「まさか、その駐在の巡査は、死体を投げ込むところを見たわけじゃないんでしょう？」

「それは、まあそうですが」

「それに、犯人は、海に落ちて死んだように見せるために、作った塩水で、被害者を殺し

たんでしょう?」

「そうです」

「塩水なんてものが、われわれの周囲に、やたらにあるものじゃないでしょう。簡単に考えても塩と水が必要ですよ。となると、犯人は、塩を持って、ホテルに殺しに出かけたことになる。これは、一寸考えられないことじゃありませんか?」

日下部が、鋭い語調で訊くと、刑事は苦笑した。

「警察も、犯人が、わざわざ塩を持って、ホテルに来たとは考えていませんよ」

「じゃあ、塩はどこにあったんです?」

「ホテルの、それも、被害者の部屋にあった塩が利用されたのですよ」

「何故、そこに塩があったんです?」

「昨夜、被害者は、遅い夕食をとっています。ホテルの従業員の話では、九時すぎに夕食を、ワゴンにのせて部屋に運んだといっている。そのワゴンの上には、一杯に詰まった食塩の瓶があったのです」

「その食塩が、犯行に使われたというわけですか?」

「そう。従業員の証言を、そのまま伝えましょうか。十時頃、ワゴンを下げに行ったら、来客中だったので遠慮し、翌朝、部屋に行ってみた。この客が、吉川だったことは、この従業員も確認しています。さて、翌朝ですが、ドアはあいていて、被害者の姿はなかった。夕食はすませてあったが、なぜか、食塩の瓶はカラになっていた」

「しかし、だからといって、吉川さんが、その食塩を殺人に使ったとは断定できないでしょう？」

中原が訊くと、刑事は、微笑して、

「いや。できるのですよ」

「何故？」

「さっきもいったように、吉川は、被害者の部屋にいるところを見られています。それに、カラになった食塩の瓶から、彼の指紋が検出されたんです」

「指紋――ですか」

中原の顔に、狼狽《ろうばい》の色が走った。それが本当なら、吉川の立場は、かなり不利なものになってしまうだろう。

「本当に、指紋が出たんですか？」

「鮮明な指紋が三種類ですよ。一つは被害者のもの、二つ目はホテルの従業員のもの、そして、三つ目が吉川の指紋です。この従業員には、完全なアリバイがあるから、残るのは吉川一人ということになる。決定的な証拠ですよ。これは」

「彼に会わせて貰えませんか」

中原はもう一度、頼んでみた。一刻も早く、吉川に会って、直接、彼の口から、事件の真相を聞きたかった。

「取調べが終われば、会わせますよ。但し、弁護士のあなただけです」

と、刑事は、いった。

3

一時間近く待たされてから、中原は、吉川に会うことが許された。

吉川は、さすがに疲れ切った顔をしていた。元気なときでも、外面的には見栄えのしない青年だが、今は、一層、みじめに見えた。これでは、警察は、よけいに自信を持ってしまうだろう。中原は、そんなことも心配になった。

「大変なことになりましたね」

と、中原は、顔を近づけるようにしていった。

「幸い、僕は弁護士ですから、どんなことでもして差しあげられますよ」

「僕は大丈夫です」

と、吉川は微笑したが、その笑いにも、いつもの明るさがなかった。中原が煙草をすすめたが、吉川は、要らないと、手を横にふってから、

「冬木教授の死んだことと、僕は無関係です。明日、館林先生に会われたら、そう伝えて下さい。安心して、調査を続けて下さいと。こんなことで、大事な公害調査が中止されるのはやり切れませんから」

「それは伝えますが、僕には、あなたが心配だ。昨夜、ホテルに、冬木教授を訪ねたというのは、本当なんですか？」

「本当です」

「何故、会ったんです？」

「冬木教授に、考えを変えて頂こうと思ったんです。昨日の町民会館ホールの報告は、どうしても、腑に落ちなかったからです。あの先生は、頑固ですが、嘘のつけない良心的な人なんです。昨日のように、事実を曲げて、完全に企業サイドの発言をなさったのは何故なのか、その理由を聞きたかったし、われわれの調査したデータも見て貰いたかったんです」

「それで、何時頃、ホテルへ行ったんです？」

「正確には覚えていませんが、十時近かった筈です」

「そのとき、冬木教授は、何をしていたんです？」

「遅い夕食をとっていましたよ。僕に、食べながら話さないかというので、ご馳走になりました」

「成程ね。食塩の瓶には、そのとき触ったんですね？」

「ええ」

「そのとき、塩は一杯入っていましたか？」

「ええ。口元近くまで入っていましたよ」

「それで、冬木教授との話し合いは、上手《うま》くいったんですか？」

「先生とは、一時間くらい話し合いました。と、いっても、喋ったのは主に僕の方です。先生は、黙って、僕の話を聞いてくれましたよ。何かひどく苦しんでいるように見えました。だから、僕は、わざと先生の気持は確かめずに、資料を置いて帰ったんです。あなたにもお見せした例の公害日誌です」

「ホテルを出たのは、何時頃です？」

「今もいったように、一時間ぐらい話をしていましたから、多分、十一時近くでしょう」

「それから、まっすぐ家に帰ったんですか？」

「ええ」

「しかし、駐在の巡査は、十一時半頃、あなたを埠頭で見かけたといっているそうだけれど」

「何かの間違いです。僕は、埠頭には行きませんでした」

吉川は、疲労のこもった声でいい、館林や伊丹に、調査を続けるようにいって欲しいと繰り返した。自分のことよりも、公害調査の方が気にかかる様子だった。その気持は、痛いほどわかるのだが、今は、吉川の逮捕自体が、公害調査に影響を与えようとしている。

中原が、調べ室を出ると、さきほどの刑事が、いくらか皮肉な眼で、

「助けようがないのが、わかったでしょう?」

「いや。無実の確信が強くなりましたよ」

と、中原はいった。本当でもあり、嘘でもあった。吉川は無実だと思う。彼に人が殺せるとは思えなかった。だが、吉川が不利な立場に置かれていることも、認めざるを得なかった。

吉川が、冬木教授と意見が対立していたことは、町民会館に集まった住民全部が知っている。これは、彼にとって、一番不利な点だろう。それを考えると、吉川の無実を証明することは、かなり難しそうだ。

「吉川さんは、ホテルに、公害関係の資料を持っていって、被害者に渡したといっている

んですが、その資料はありましたか？」

中原は、刑事に向かって、一度見たことのある公害日誌の形や大きさを説明したが、相手は、そっけなく、首を横にふった。

「被害者の部屋に、そんなものはありませんでしたねえ。吉川は、最初から嘘のつき通しだから、それも、自分の心証を良くしたいための嘘じゃないのかなあ」

刑事の語調は、ひどく冷たかった。

中原は、警察署を出た。

不安が、彼を捉えていた。明日からの調査は、どういうことになるのか。吉川の無実が結果的に証明されたとしても、彼の釈放が遅れれば遅れるほど、さまざまなデマが飛び、中原たちが不利な立場に追い込まれるに違いない。そして、それは、当然、梅津ユカの裁判に不利な影響を与えることも確実だった。

勿論、不安と同時に、何くそという闘志もわいてきた。

もし、ここで負けてしまえば、あの高校生たちの真摯《しんし》な活動も無駄になってしまうし、投身自殺した梅津ユカの霊も浮かばれまい。彼等のためにも、一刻も早く、吉川を釈放させなければならない。

旅館の近くまで来たとき、先に帰った筈の日下部が、ひょっこりと、街灯の明かりの下から顔を出した。その顔が少し赤く、アルコールの匂いがした。

「バーや飲み屋に、片っぱしから首を突っ込んでみたんだ」

と、日下部は、中原と並んで歩きながら小さく息を吐いた。

「何故？」

「町の噂というやつを知りたくてだよ。想像以上に、噂の広がるのが早いのに驚いたね。もう、たいていの人間が、冬木教授の死は他殺で、吉川が逮捕されたと知っていて、酒の肴《さかな》にしている」

「酒の肴？」

「まあ、バーや飲み屋ばかりで聞いたんだから、町全体の傾向とは違うかも知れないが、吉川に同情的な言葉は聞けなかったよ。もう彼を犯人と決めつけたような話し方をしている者もいたな。漁師にも飲み屋で会ったが、これは、クソミソだった。吉川なんかは、早く死刑にしちまえと、わめいていたよ。アカネエビは、漁民にとって、最大の収入源だからね。吉川の発言は、それにケチをつけたと受けとっているんだ」

日下部の話は、事件の前途に対する難しさを示しているように、中原には思えた。

翌朝になると、中原の予感を実証するように、妙なパンフレットが、旅館に投げ込まれた。

二色刷りのパンフレットで、それを中原たちの部屋に持って来てくれたのは、仲居だった。

ガリ版刷りだが、赤インクの大きな字で、

〈冬木調査団長、地元高校教師に殺さる!!〉

と、書いてあるのが、中原の眼に飛び込んできた。ご丁寧に、

〈調査団の中間報告に逆上して〉

と、サブタイトルまでついている。

平和な錦ヶ浦に、血なまぐさい事件が起きました。冬木調査団の団長をされている冬木教授の死が、警察によって、他殺と断定されたからです。しかも、犯人として逮捕されたのは、誰あろう、地元錦ヶ浦高校の吉川教師であります。何故、聖職者であるべき高校教師の吉川が、恐るべき殺人を犯したのでしょうか?

考えられる理由は、最近、この町を混乱させている公害騒動であります。企業の進出は、錦ヶ浦に豊かな繁栄をもたらしました。立派な町立病院や、町民会館が、次々に出来あがっています。しかも、心配された公害は起きていなかったのです。現在まで、公害が原因で死亡した住民は一人もおりません。

ところが、中原某なる弁護士が、錦ヶ浦に公害があると騒ぎ立て、また、錦ヶ浦高校の吉川、館林という二人の教師は、純真無垢な生徒を瞞し、あたかも公害都市のごとく、この錦ヶ浦を、世間に悪宣伝したのであります。この尻馬にのって、伊丹某なるチンピラ学者までが、押しかけて参りました。

何故、彼等が、かくも嘘をつき、破廉恥な行動を取ったのか。まず彼等が四人とも、本質的には他所者《よそもの》だということに留意しなければなりません。彼等にとって、錦ヶ浦の町がどうなろうと、構わないのであります。恐らく、彼等は、この錦ヶ浦を犠牲にして、自分たちが有名になりたいに違いありません。公害を食いものにする、公害弁護士、公害学者、公害教師なのであります。

ところが、権威ある冬木調査団が派遣され、錦ヶ浦に公害のないことが実証され、彼等の欺瞞性は、完全に暴露されました。これに血迷った彼等の一人、吉川は、遂に、冬木教授を殺害したのであります。この際われわれ住民は、徹底的に彼等を追及し、この町から追放しようではありませんか。

錦ヶ浦の平和を守る会

「怪文書というやつだな」

と、日下部は、読み終わって、苦笑した。

「中原某なる弁護士か」

「伊丹某なるチンピラ学者か」

と、中原と伊丹も、顔を見合わせて、苦笑した。

しかし、ただ苦笑して見過ごせることではなかった。恐らく、このパンフレットは、錦ヶ浦中に、ばら撒《ま》かれたに違いない。中原が読めば、悪意と中傷に満ちたものだと思うが、他所者《よそもの》といった訴え方は、どちらかといえば保守的なこの町の人々には、共鳴をもって受けとめられるかも知れない。

「一体、どんな連中が、これを刷ったのかな?」

日下部は、パンフレットをひねくり回すようにしながら、中原たちの意見を求めた。

「町の有力者か、企業サイドの人間か、そうでなければ、漁民たちだろう」

と、いったのは、伊丹だった。

「とにかく、お年寄りが書いたものだと思います」

と、いったのは、京子だった。彼女にいわせると、若者なら、破廉恥はハレンチと書く筈であるし、全体に文章が古めかしくて、スピード感がないらしい。

「漁民たちではないだろう」

と、中原は、ゆっくりいった。

「彼等は、今、アカネエビの漁で精一杯だからね。恐らく、この町の保守的な勢力か、企業の人間だと思う」

「とにかく、一刻も早く、吉川を釈放させないと、どんな悪質なデマを飛ばされるかわからないぞ」

と、伊丹が堅い声でいった。

中原も、伊丹の不安には同感だった。敵側は、どんなことでもやるだろうと思うからである。

だが、中原には、別の不安もあった。警察で、吉川に頼まれたことについてだった。吉川は、館林や生徒たちに、調査を続けるようにいって欲しいといった。が、彼等、特に生徒が、おとなしく調査を続けるだろうか。

朝食のあと、町に出てみると、中原は、自分の不安が当たっているのを知らされた。

錦ヶ浦駅の近くまで来て、駅前に、十人近い高校生が集まっているのが眼に入った。

中原は、彼等の顔に見覚えがあった。昨日まで、一緒に、公害調査に走り回っていた生徒たちだった。

彼等は、今日は、寒暖計や鯉のぼりの代わりに、署名簿とメガホンを持って、通行人に

向かい、

「吉川先生の釈放に協力をお願いします！」

「釈放要求の署名運動に協力をお願いします！」

と、呼びかけている。甲高い、必死な声だった。

彼等の背後《うしろ》には、〈吉川教師の不当逮捕に抗議しよう!!〉と書いた大きな紙が貼ってあった。

もう、学校の始まっている時刻である。しかし、そのことよりも、生徒たちの気持が、公害調査どころではなくなってしまっているらしいことに、中原は、危険な徴候を見る気がした。これでは、相手に、ますます有利な武器を与えてしまうだろう。

中原は、生徒たちに近づくと、

「こんなことをするのは、君たちにとっても、吉川先生にとっても、マイナスじゃないのか？」

と、声をかけた。
二、三人の生徒が、中原を見た。
その眼の色が、昨日までとは、どこか違っていた。中原は、一層不安になった。

自分たちで工夫した器具や方法で、公害のデータ集めに走り回っていた彼等には、新鮮な若々しさがあった。だが、今、中原の眼の前にいる彼等は、型にはまった、ただ険しいだけの顔になってしまっている。

中原は、こんな顔つきの若者を、何度も見てきた。ゲバ棒や火炎ビンで武装し、闘争と内ゲバを繰り返している学生の顔と同じなのだ。余裕がなく、エスカレートする憎悪が、彼等自身を退廃させてしまうような学生たちとである。

勿論、錦ヶ浦高校の生徒たちに、退廃の色が見えるというのではないが、彼等が、このまま、地道な公害調査をやめてしまい、吉川の奪還闘争に突っ走ってしまえば、自然に退廃が始まるに違いなかった。

「あんたには関係ないんだ」

と、生徒の一人が、こわばった声でいった。その語調にも、明るさが失われてしまっている。

駅長が出て来て、届け出のない署名運動は違法だから、立退くようにと、生徒たちに注意した。

口論がはじまった。

（危ないな）

と、思い、中原が、間に入ろうとしたとき、大柄な男子生徒が、いきなり、駅長を突き飛ばした。故意にやったというより、貼り紙を引きはがそうとした駅長を、押し返そうとしたのだが、小柄な駅長の身体は、はね飛ばされた恰好で、路上に尻もちをついてしまった。

「何をするんだ！」

と、駅長が、顔色を変えて怒鳴った。生徒たちも、血走った眼で、

「弾圧反対！」

と、口ぐちに叫んだ。そんないい方も、妙に型にはまっていて、昨日までの彼等ではなくなっていた。

「警察を呼ぶんだ」

と、駅長は、起き上がりながら、駅員に向かって叫んだ。中原は、そんな駅長に向かって、

「まあ、落ち着いて下さい」

と、声をかけた。

「警察を呼んだら、問題をこじらせるだけですよ」

「しかし、駅の管理者として、構内での違法な署名運動は、排除せねばならん」

駅長の喋り方まで、とげとげしい、柔軟さを失ったものになってしまっていた。このま

までは、生徒たちと衝突するだろうと思って、中原は、高校生たちをふり返り、

「ここはやめて、ひとまず、他へ移動したまえ」

と、説得した。

だが、生徒たちは、無言で、動こうとしない。

（まずいな）

と、中原が、なおも、強く説得しようとしたとき、教師の館林が、自転車で駈けつけてくれた。

館林も、すぐ、険悪な空気に気がついたらしく自転車をおりると、

「やってるね」

と、生徒たちに笑いかけた。そんなやんわりしたいい方が、いかにも館林らしかった。

女生徒の一人が、泣きそうな顔で、

「先生も、あたしたちに協力して下さい！」

と、叫んだ。館林は、彼女に向かって、「わかった。わかった」と、肯いて見せてから、

「しかし、こんなところで、署名運動をしていても、吉川先生は、釈放されるかな。署名だって、殆ど集まってないじゃないか。それに、吉川先生が、今、どんな扱いを受けているか、君たちは知っているのかね？」

「不当な扱いを受けているからこそ、僕たちは——」

と、男の生徒が、叫ぶようにいう。館林は、「うむ、うむ」と、肯いてから、

「しかし、実際のことは知らんのだろう？　そうやろ。それなら、これから警察に行って、吉川先生に会って来ようじゃないか。そのあとで対策を立てても遅くはないだろう？　どうだね？」

館林の言葉に、生徒たちは、何となく気勢をそがれて、顔を見合わせている。その間に、館林は、中原をふり返って、

「われわれが行って、警察は、吉川先生に会わせてくれますか？」

と、小声で訊いた。中原は、答える前に、生徒たちの気配をうかがった。どうやら、彼等も、実効のあまりあがらない署名運動より、警察へ押しかける方に、興味を移したようだった。

「会わせてくれると思いますが、大ぜいで押しかけて行ったのでは、無理でしょう。先生一人に生徒一人ぐらいなら、警察も会わせると思いますよ。何なら、僕が一緒に行ってあげてもいい」

と、中原は、館林にいった。

代表一人ということに、生徒たちは、当然のように反発し、ごたついた。それを、館林

が説得する。中原が感心したのは、館林のゆったりした説得の仕方だった。彼は、焦りもしないし、怒りもしない。だからといって、生徒と妥協もしなかった。最後には、生徒たちの方が、根負けした形で、代表一人を選び、他の生徒は、学校へ行くことを承知した。

中原は、館林と男子生徒一人を連れて、警察へもう一度、足を運んだ。

昨日、来たときには、うっかり見逃がしたのだが、警察の入口には、「調査団殺人事件捜査本部」の看板が下がっていた。館林は、それを見ても、別に表情を変えなかったが、生徒の方は、一層、顔をこわばらせた。

警察は、最初、吉川への面会に、難色を示した。弁護士の中原は構わないが、館林や生徒は困るというのである。

中原は、主任の警部補を、部屋の隅に誘って、

「面会させないと、錦ヶ浦高校の生徒たちが、騒ぎ出しますよ」

と、小声でいった。

「警察を脅迫するんですか？」

警部補が、苦笑した。中原は、ニコリともしないで、

「吉川先生は、生徒に人望のある教師です。警察に逮捕されたというので、生徒たちは、ひどく興奮しています。今日も、不当逮捕に抗議するといって、街頭行動に出ようとして

いるのを、館林先生と、何とか説得して、代表の生徒一人を連れて来たんです。もし、あくまで面会を拒絶されると、間違いなく、生徒たちは、街頭に出て暴れますよ。五十人、いや百人以上の生徒が暴れだしたら、こんな小さな町は、忽ち、大混乱に落ち込んでしまいますよ。それでもいいんですか？」

警部補は、当惑した顔で聞いていたが、少し待ってくれといい、署長に相談に行った。しばらくして戻ってくると、面会を許可するといった。

中原は、ほっとした。が、本当に安心したわけではなかった。

問題は、吉川が、どう生徒を説得してくれるかにかかっていた。吉川は、代表して来た生徒に、きっと、公害調査を続けろと説得するだろう。館林も、それを期待して、生徒を連れて来たに違いない。

中原は、わざと、面会には立ち会わず、一人で旅館に戻った。

4

旅館にも、事件の影響があらわれていた。

日下部が予言したように、各社の記者が押しかけて来たために、旅館の空室は、全部ふさがってしまっていた。

「先生。テレビ局の中継車も、乗り込んで来たそうですよ」

と、京子が、眼を輝かせていった。中原は、複雑な気持で、そのニュースを聞いた。殺人事件で、錦ヶ浦が脚光を浴びるのは、望ましいことではなかった。肝心の公害問題が、片隅に押しやられてしまう心配があったからである。

共闘派の大学生が、大挙して押し寄せてくるという噂も流れた。大挙してというのは嘘だったが、昼近くになって、十人ばかりの大学生が、「竜宮丸」でやって来た。彼等は、ゲバ棒は持っていなかったが、ヘルメットはかぶっていた。

彼等が到着すると、それでなくても、騒然となっている錦ヶ浦の町は、一層、とげとげしい空気に包まれてしまった。

「どうも、まずい空気になってきたな」

と、伊丹は、中原に向かって、何度も肩をすくめて見せた。

伊丹は、こんなときほど、地道な公害調査を続ける必要があるといい、一人で、錦ヶ浦高校に出かけて行ったが、しばらくして、疲れ切った表情で、旅館に帰って来た。

「説得は、失敗だったようだな」

と、中原が訊くと、伊丹は、小さく溜息をついた。

「残念だが、もう説得できる段階じゃなくなってしまっている」

「そんなに、生徒たちは、感情的になっているのか？」

「おれと、館林とで、何とか説得しようとしたんだが、生徒たちの危機感が強すぎて、どうにもならん。地道な調査なんて、まだるっこしいというんだ。本当は逆なんだが、若い彼等にそれをいっても、受けつけてくれん」

と、伊丹はいった。中原は、生徒の代表を、警察署で吉川に会わせたのは、逆効果だったなと感じた。吉川が説得してくれるのを期待したのだが、若い生徒は、吉川が逮捕されたという現象面だけに、怒りを発してしまったのだろう。

「それで、授業は、ちゃんと受けているんだろう？」

「いや。生徒会で、授業放棄を決議して、全生徒が、校庭に集まっていた。校長なんかは、オロオロしてしまって、何もできずにいる有様さ。なお悪いことに、東京から来た三人の大学生が、盛んに生徒たちをアジッているんだ。何でも、錦ヶ浦高校の先輩らしい。おれは、そんな言葉に耳を貸すなと、生徒たちにいったんだが、アジテーションは、今の大学生の方が、おれなんかより数段うまいからな」

と、伊丹は、苦笑した。その三人の大学生というのは、今日、竜宮丸でやって来た学生たちの一部であろう。

「しかし、生徒たちが騒げば騒ぐほど、肝心の公害問題については、マイナスじゃないか」

と、中原が、腹立たしげにいうと、伊丹は、肯いて、

「それは、眼に見えてる。公害問題についてもマイナスだし、吉川の立場だって悪くする。これで、生徒たちが、調査をやめれば、住民は、やはり、彼等の調査は遊びにすぎなかったのだと決めつけるだろう。そうなったら、三年間、地道に続けてきた調査、これは専門家が見ても立派なものだよ。それが、無駄になってしまうんだ」

「逆に、冬木調査団に対する信頼が深まるということだな?」

「その通りだ。冬木調査団は、すでに中間報告をすませてしまっているからな。あの中間報告は、おれから見れば、現実無視もいいところだと思うんだが、このままいけば、あれが、錦ヶ浦の公害の実態として受け入れられてしまうな。対抗するもう一つの調査団が、自分から下りてしまったんだからね」

「敗北か――?」

「敗北だよ。このままでいけばね」

「となると、僕の裁判の方も、敗北ということになるな」

中原は、舌打ちをした。錦ヶ浦に公害は発生していないという冬木調査団の中間報告が、

そのまま承認されてしまえば、梅津ユカが、公害によって自殺に追い込まれたとして訴訟を起こした中原の方も、敗北はまぬがれない筈である。

中原や伊丹が、暗澹《あんたん》とした気持に襲われているのとは逆に、新聞記者の日下部は、張り切って飛び回っていた。

日下部だけではない。錦ヶ浦に集まった他の記者たちも、テレビ関係者も、生き生きした表情で、動き回っていた。

中原から見て、彼等が、真実を追究しているようには見えなかったし、まして、公害に怒りを感じているようには見えなかった。

彼等は、明らかに、公害問題そのものよりも、殺人事件に興味を感じていた。だからこそ、今になって、急に、錦ヶ浦に殺到したのだろう。

中原は、彼等の報道が、一層、公害の事実を蔽いかくしてしまうのを恐れた。考えてみれば、おかしなことだった。マスコミの仕事は、事実を明らかにすることでなければならない。だが、錦ヶ浦で、殺人事件を大きく報道すればするほど、公害の実態は、人々の眼から隠されてしまうのだ。ひょっとすると、こうした報道の仕方は、公害はないという断定より悪いかも知れない。

だが、中原が、いくら、公害問題は殺人事件とは別だと叫び、錦ヶ浦の海の汚れは、変

わってはいないのだといっても、取り上げて貰える気配はなかった。中原と伊丹も、取材の対象にされたが、中原たちが、錦ヶ浦の公害について説明をはじめると、相手は、途端に興味を失った顔になるのである。友人の日下部にしても同じだった。彼も、公害そのものより、公害が殺人に発展したことの方に、関心を持っていた。

まだ、今度の殺人事件が、公害と関係があると決まったわけではない。犯人も吉川と決まったわけではない。それにも拘らず、記者たちは、吉川が、冬木の調査報告を憎んで殺したと、決め込んで、その線に沿って取材しているとしか思えなかった。〈公害殺人〉というタイトルが、魅力的だからだろう。そのくせ、肝心の実態については、殆ど興味を示さないのである。

住民自身も、殺人事件に大騒ぎして、公害に対する関心を失ってしまったように見えた。そんな空気の中で、夕方から、町民会館で冬木教授の葬儀が行なわれた。

日下部が、知らせてくれたのだが、彼は、こんな風ない い方をした。

「主催は、錦ヶ浦町と、調査団ということになっている。どうやら、殺された冬木教授を、悲劇の英雄に仕立てあげる気のようだよ。つまり、公害調査に殉職したということだな」

いかにも、新聞記者的な見方だが、中原は、一概には笑い飛ばせなかった。人間の死が、もっとも有効な宣伝材料であることは確かだったからである。事実、冬木の死が、冬木調査団の中間報告に重味を加えたことも、否定できなかった。

中原は、伊丹や京子と一緒に、その葬儀を見に行った。何か、真犯人を知るヒントでもつかめたらと思ったからである。

行ってみて、日下部の言葉が当たっているのを知った。

町民会館の前は、大きさを競うような花輪で埋まっていた。花輪は、入口にあふれ、会館前の道路にまで並んでいた。その殆どが、コンビナートの各会社から贈られたものだった。漁業協同組合からの花輪も目に入った。

テレビ中継車が、会館の前にとまっていて、子供たちが、珍しそうに、車の中をのぞき込んでいる。

県警から派遣されて来た機動隊の姿も見えた。人数は二十人くらいだろう。錦ヶ浦高校の生徒たちの間に、不穏な空気があり、おまけに、東京から、十人前後の共闘派の大学生が押しかけて来たというので、町役場が、あわてて出動を要請したものらしいが、今のところ、学生たちが、町民会館に押しかけてくる気配はなかった。

葬儀は、こうこうたるテレビのライトの中ではじめられた。

進行係をつとめているのは、香取昌一郎だった。彼は、テレビや新聞記者との交渉まで一手に引き受けて、テキパキとさばいていた。

太陽石油《サン・オイル》の石油タンクの一つが、夜空に、真っ赤な炎を吹き上げている。見ている中に、火は隣のタンクに燃え移り、その瞬間、凄《すさ》まじい爆発音が、夜の空気をふるわせた。

人々の間から悲鳴とも、喚声ともつかぬ声が上がった。

「誰かが火をつけたのかな」

と、伊丹が、堅い声で呟いた。

その言葉が、中原を蒼ざめさせた。ひょっとすると、共闘派の大学生にアジられて、錦ヶ浦高校の生徒が、思い切った行動に出たのではあるまいかと、思ったからである。

人々が、火に向かって走った。警官が、それをとめようとするが、ヤジウマに変わってしまった人々は、いうことを聞きそうになかった。

サイレンの悲鳴をあげて、消防車が二台、駈けつけて来た。それが、この町の消防力の全てだったが、猛烈な火勢の前には、手も足も出ない様子だった。

中原たちも、火に近づいた。

周囲の空気までが熱い。黒煙が空を蔽い、その中に、石油タンク群が、かくれてしまいそうだ。

中原は、顔が熱くなるのを感じながら、眼をこらした。が、炎の中に、生徒の姿は見えなかった。近くにも見当たらない。どうやら、さっきの不安は杞憂だったらしい。ほっとすると同時に、中原は、新しい疑問が生まれてくるのを覚えた。

石油タンクが、自然に爆発したとは思えない。錦ヶ浦高校の生徒がやったのでないとすると、一体、誰が、こんな馬鹿な真似をしたのだろうか。

石油タンクは、次々に引火し、爆発し、炎上した。好奇心から、周囲に集まっていた人々も、炎の環《わ》が広がるにつれて、顔色を変え、じりじりと、後ずさりをはじめた。

沼津あたりからも、次々に消防車が到着し、必死の消火作業が、それから数時間続いた。

ごうごうと音を立てていた炎が静まり、どうやら下火になったのは、午前二時に近かった。

中原は、最後まで、見守っていた。自然発火なのか放火なのか、放火とすれば、誰がやったのか、それが知りたかったからである。

中原の、その期待は、報いられた。

火勢が弱まると同時に、警察は、現場検証に乗り出したが、最初に炎上した石油タンクの残骸《ざんがい》の下から、若い男の焼死体が発見された。

黒焦げになっていたが、死体は、鈴木晋吉と判断され、死体の近くから、爆破に使ったと思われるダイナマイトの破片が、発見された。

だった。

5

太陽石油《サン・オイル》の爆発は、冬木教授の殺害事件と同じ程度に、錦ヶ浦の町に衝撃を与えたようだった。

動機は、はっきりしていた。恋人梅津ユカの自殺の原因が、企業公害にあると信じた鈴木晋吉が、コンビナートで最も大きな企業である太陽石油《サン・オイル》の石油タンクに、ダイナマイトを投げつけたのだろう。中原は、そう考えたし、警察の考えも、同じようだった。恐らく、新聞も、同じ取りあげ方をするだろう。

鈴木晋吉が、最初から、自分も死ぬつもりだったのかどうか、中原にはわからない。ダイナマイトを投げつけて逃げようとしたのだが、爆発が激しすぎて、逃げ切れなかったのかも知れない。彼が死んでしまった今となっては、判断のしようがないことだった。

中原は、二つのことを考えた。

第一は、この事件が、公害調査や、梅津ユカの裁判に、どんな影響を与えるだろうかということである。冷静に考えて、プラスになるとは、どうしても思えなかった。住民の関心は、ますます、公害そのものから遠ざかってしまうだろうし、公判では、裁判官の心証を悪くするだろう。

第二は、死者に鞭打《むちう》つ形になるが、冬木教授を殺したのも、鈴木晋吉ではないかという想像だった。彼は、錦ヶ浦に公害は発生していないと断定した冬木調査団を憎んでいた筈である。冬木を殺す動機は、十分に持っていたと見ていいだろう。もし、彼が冬木を殺した犯人だとしたら、吉川は釈放される。

夜が明けてから、中原が、鈴木晋吉犯人説を持ち出してみると、日下部は、新聞記者らしく、すぐ飛びつき、警察へ走ってくれたが、しばらくして、首を横にふりながら戻って来た。

「鈴木晋吉は、冬木教授の事件とは無関係だよ」

と、日下部は、いった。

「何故、無関係とわかったんだ？」

中原は、失望から、いくらか声を尖《とが》らせた。

「警察は、鈴木晋吉が、何処でダイナマイトを手に入れたかを調べた。その結果、沼津市のビル工事現場から盗み出したものと、わかったんだ。彼は、ダイナマイトを盗むために、三日間、その工事現場で働いていた。冬木教授が殺された日には、その飯場に一日中いたことが確認されたんだ。だから、関係はないということだよ」

「そうか」

中原は、小さく肯いた。鈴木晋吉は、行方不明の間、ダイナマイトを手に入れようとして、動き回っていたというのに、何故、そこまで考えが回らなかったのだろうか。十八歳の若い漁師が、そこまでの激しい怒りを、企業に対して持っていたことに、気がつかなかったのだ。やはり、どこかに、第三者的な冷静さが働いていたのだろう。そうした反省とは別に、いざとなれば、漁民たちが、最も力強い公害反対のエネルギーになるでしょうという吉川の言葉を思い出した。錦ヶ浦の漁民たちが、公害反対に立ち上がるのはいつだろうか。

石油タンク爆発に刺戟されたように錦ヶ浦高校は、とうとう、全学同盟休校に突入した。午後になると、百人近い男女生徒が、〈インチキ調査団帰れ!〉とか、〈吉川先生を即時釈放せよ!〉といったプラカードを手にして、町の中心街のデモをはじめた。東京から来た共闘派の大学生十人は、高校生たちを援護するように、両脇に並んでいた。

彼等は、時々、シュプレヒコールをあげるだけで、まだ、直接行動に訴える気配はなかった。しかし、吉川の勾留が、これ以上長引けば、どんな行動に出るかわからなかった。彼等が若いだけに、鈴木晋吉のように、太陽石油《サン・オイル》にダイナマイトを投げ込まないとも限らない。そうなったら、人数が多いだけに、収拾がつかなくなるだろう。

中原は、そうした事態は、どうしても、防ぎたかった。今までのことが、何もかも無駄になってしまうからである。

中原は、警察へ、もう一度、足を運んでみることにした。防ぐ方法は、吉川を釈放させる以外にないと思ったからだった。

途中の通りの電柱や塀には、〈不当逮捕反対！〉とか、〈公害企業は出て行け！〉といったビラが、ベタベタ貼ってあった。それに眼をやる通行人もいたが、彼等の顔にあらわれた反応は鈍いものだった。馬鹿にしたように、小鼻に皺《しわ》を寄せて笑う者もいた。こんな雰囲気の中で、生徒たちが暴れたら、ますます浮き上がった存在になってしまうだろう。

東京から集まった記者たちが、この町で借りたスーパーカブに乗って走り回っていた。テレビ中継車が通りすぎる。商店街の主人やカミさん連中が、不安と好奇心の入り混じった眼で、それを見送っている。町全体が、落ち着きを失ってしまっているようだった。

家々の庭には、相変わらず、鯉のぼりがひるがえっていた。しかし、前には、中原の眼に、ほほえましく映った鯉のぼりが、今は、間が抜けて見えてならなかった。鯉のぼりが、いくら風にはためいても、もう何の意味もなくなってしまったからである。

海に眼をやると、アカネエビ漁の漁船が、大挙して出漁していた。この町で、平常どおり仕事をしているのは、今は、漁民だけかも知れない。

無残に焼け落ちた石油タンクの残骸のまわりには、相変わらずヤジウマが集まっていた。

中原は、そんな人々を、横目で見ながら、警察署に入った。

先日の警部補に会った。

中原は、単刀直入に、

「吉川先生の勾留期限は、もう切れたんじゃありませんか？」

と、訊いた。警部補は、別に否定もせず、

「そうですな」

「それなら、何故、釈放しないんですか？」

「起訴することに決まったからです。そちらも、そろそろ弁護の準備をすすめた方がいいですな」

相手の言葉には、軽い皮肉があった。中原は、むっとした顔になって、

「状況証拠だけで、起訴するんですか？」

「いや。確固とした証拠がありますよ。殺人に使った食塩の瓶には、吉川の指紋があった。目撃者もいる。アリバイはない」

「目撃者というのは、埠頭で吉川先生を見たという駐在の巡査のことですか？」

「そうです」

「しかし、吉川先生は、あの夜、埠頭には行かず、ホテルからまっすぐ下宿へ帰ったといっていますよ。だから、人違いじゃありませんか？」

「違いますね。埠頭にいたのは吉川です。駐在の巡査の他に、もう一人目撃者があらわれたんだから確かですよ。殆ど、同じ時刻に、夜釣りに来た工員が、吉川が、埠頭の方から歩いて来るのを目撃しているのです。それに、下宿の女主人は、吉川が帰って来たのは、十二時すぎだと証言している。これは決定的な証拠ですよ」

刑事は、自信満々ないい方をした。中原は狼狽した。埠頭のことでは、吉川は嘘をついていたのだろうか。

「吉川先生に、もう一度会わせて貰えませんか？」

と、中原は、頼んだ。

吉川は、昨日会ったときよりも、蒼《あお》ざめ、元気がなかった。眼が真っ赤に充血しているのは、昨夜、一睡もしていないのだろう。

「今日は、改めて聞きたいんだが、本当に、冬木を殺してはいないでしょうね？」

中原は、先刻の狼狽が尾を引いていて、そんな、問い詰めるような聞き方をしてしまった。

「勿論、僕は、誰も殺したりはしていませんよ」

と、吉川は、乾いた声でいってから、

「生徒が、同盟休校に入ったそうですが、何とかやめさせられませんか」

と、生徒の心配をした。中原は、舌打ちをした。

「問題は、貴方自身のことですよ。学校のことは、館林先生に委せておきなさい。それに、貴方が釈放されれば、学校の問題は、自然に解決しますよ。ところで、貴方は、僕に嘘をついていませんか？」

「嘘？」

「あの夜、貴方は、埠頭には行かなかったといった。しかし、目撃者が二人もいると警察はいっている。本当に行かなかったんですか？」

「ええ」

と、吉川は、肯いた。が、その声には、妙に力がなかった。中原は、狼狽が深くなるのを感じた。

「行ったんですね」

「――――」

「正直にいって下さい。本当のことをいって貰わないと、貴方を助けようにも、助けられない。あの夜、埠頭に行ったんですね？」

すぐには、返事はなかった。しばらくの間、重い沈黙があってから、吉川は、覚悟を決めたように、「ええ」と、小さく肯いた。

中原は、溜息をついた。

「何故、埠頭に行ったんです？」

「いわないといけませんか？」

「正直にいって頂きたいですね」

「人を待っていたんです」

「誰をです？　冬木教授をですか？」

「いや」

と、吉川は、首を横にふってから、顔を赤くした。「成程ね」と、中原は、また、小さな溜息をついた。

「冬木亜矢子と待ち合わせていたんですね？」

「そうです」

「彼女は来たんですか？」

「いえ。十一時半まで待ちましたが、彼女は来ませんでした」

「それから、下宿に帰ったんですね？」

「ええ」

「そのとき、駐在の巡査と、夜釣りの工員に見られたんですね」

「そうだと思います」

「何故、彼女のことを、警察に話さなかったんです？」

「いって、どうなるんです？」

吉川は、自嘲《じちょう》に似た笑い方をした。

中原は、そこに、吉川の別な面を見せられたような気がして、はっとなった。今まで、中原の見ていた吉川は、地味だが有能な高校教師であり、公害調査に献身する若者だった。考えてみれば、立派すぎる青年像だったのだ。だから、吉川もまた、愛情に悩む若者だとわかったことは、中原にとって、喜ばしいことでもあった。

「彼女が証言してくれれば、埠頭にいたことの理由づけができますよ」

と、中原がいうと、吉川は、首を横にふった。

「彼女を、事件に巻き込みたくないのです。それに、埠頭には、僕一人しかいなかった。だから、彼女が証言してくれても、僕の無実の証明にはならんでしょう？」

「貴方の気持は、わかりますがね」

と、中原は、いったん言葉を切ってから、強い眼で、吉川を見つめて、

「僕は、冬木亜矢子さんに、会って来ますよ」

「――――」

「いいですか。貴方を釈放させたいのは、貴方自身のためだけじゃないんだ。この町のためでもあり、錦ヶ浦高校の生徒のためでもあり、それに、公害ぜんそくを苦にして自殺した梅津ユカのためでもあるんです。だから、貴方が気が進まなくても、利用できるものは、何でも利用するつもりですよ」

中原は、宣言するようないい方をした。

吉川は、黙っていた。

中原は、警察を出ると、その足で、冬木調査団の泊まっている錦ヶ浦ホテルに回った。

しかし、ホテルの受付《フロント》で知らされたのは、冬木亜矢子が、数時間前に、東京へ帰ったということだった。

中原は、一度、東京へ戻ることにした。

亜矢子に会って、吉川の言葉を確かめたかったし、他にもう一つ、東京で調べたいことがあったからである。

第五章　佐伯大造

1

中原は、一人で東京に帰った。

東京駅を出たとき、中原は、東京の街を、久しぶりに見るような感じがした。ひと月もふた月も、錦ヶ浦にいたわけでもないのに、ひどく長い間、東京を離れていたような気がするのは、短い間に、事件が重なって起きたせいだろうか。

夕方で、小雨が降っていた。

中原は、腕時計に眼をやってから、タクシーを拾い、冬木教授宅のある東松原に向かった。

死んだ冬木教授について、中原は、あまり知識を持っていなかったし、乏しい知識の大部分は、日下部が教えてくれたものだった。S大の物理学の教授で、本を何冊か出しているが、それほど有名ではなかった。太陽重工業社長の佐伯大造が、定年後の冬木に、何か約束したらしいが、これも、日下部の推測でしかない。

二十坪足らずの、小ぢんまりした二階建ての家だった。それに、新しくもない。中原は、家の前に立って、しばらくの間、値ぶみでもするように、眺め回した。自分の持家だとしても、売るとなれば、せいぜい、五、六百万ぐらいのところだろう。

（冬木が、定年後のことを心配していたとしても、不思議ではない感じだな）

と、中原は、呟《つぶや》いてから、呼鈴《ベル》を押した。

玄関に明かりがつき、冬木亜矢子が、和服姿で、顔を出した。その顔は、相変わらず透明な感じで、父親を失った悲しみは、見出せなかった。

亜矢子は、まっすぐに中原を見て、

「何でしょうか？」

と、訊いた。中原を覚えていないようでもあり、わざと、覚えていないように振舞っているようにも見えた。

中原は、自分の名をいい、「錦ヶ浦で、お眼にかかりましたね」と、いった。

「そうでしたか」

と、亜矢子はそっけない声でいった。

「今日は、吉川さんのことで、貴女に伺いたいことがあって、お邪魔したんです」

中原が、吉川の名前を口にすると、はじめて、彼女の表情が動いたが、それは、すぐ、元の堅い表情に戻ってしまった。

それでも、彼女は、「どうぞ」と、中原を招じ入れてくれた。

家の中は、ひっそりとしていて、彼女以外に、人はいない感じだった。

「貴女お一人ですか？」

と、中原が訊くと、亜矢子は、その質問には答えずに、

「ご用をおっしゃって下さい」

と、やや切り口上ないい方をした。中原は、自分が歓迎されない客なのを感じ、単刀直入に、

「事件の夜、貴女は、吉川さんと、埠頭《ふとう》で会う約束をされたそうですね？」

と、訊いた。

「いいえ」

と、亜矢子は否定した。中原には、その否定の仕方が、強すぎるような気がした。

「嘘《うそ》だというんですか？」

「私、錦ヶ浦では、吉川さんにお会いしていません」

「しかし、吉川さんは、あの夜、貴女を埠頭で十一時半まで待っていたと、いっているのですよ。貴女は来なかったらしいが、落ち会う約束はなさったんでしょう?」

「でも、そんなお約束をした覚えはありません」

「じゃあ、吉川さんが、嘘をついているというんですか?」

「錦ヶ浦で、吉川さんとはお会いしていないと、申し上げた筈です」

亜矢子は、堅い声で、同じ言葉を繰り返した。とりつく島のない感じであった。それでも、中原は、

「吉川さんは、今、貴女のお父さんを殺した犯人として、警察に逮捕されています。それは、ご存知でしょう。貴女が、あの夜、埠頭で会う約束だったと証言して下されば、彼に有利になるんですがね」

と、相手の同情に訴えてみたが、亜矢子の堅い表情は変わらなかった。

中原は、失望し、同時に、腹立たしさを覚えた。亜矢子は、明らかに嘘をついている。だが、何故、嘘をつくのだろうか。

亜矢子は、押し黙ってしまった。中原は、今日は引きさがることにした。ただ、帰り際に、何気ない調子で、一つだけ質問した。

「香取昌一郎は、貴女の恋人ですか？」

返事はなかった。が、中原は、彼女の表情が激しく動くのを見た。

2

翌日、中原は、S大を訪ねた。

神谷という物理学の教授が、冬木とライバル関係にあったと聞いて、わざと、その神谷教授に会った。

昼間、研究室で会ったときは、さすがに、冬木について、当たり障りのない話しか聞けなかったが、日が暮れてから、強引に銀座のバーに誘い、アルコールが入ると、少しずつ、神谷の口が軽くなった。

「冬木君が調査団の団長に選ばれたのは、意外だったよ。私だけじゃない。たいていの人間が、意外な気がしたんじゃないかね」

神谷は、そんなことをいいだした。

中原は、自分の期待するような話が聞けそうだと、ほくそえみながら、

「何故、意外だったんです？」

「こういっちゃあ悪いが、冬木君は、誠実ではあるが、これといった研究成果があるわけじゃないし、格別、公害問題に関心があったとは思えんからね」

「じゃあ、何故、冬木さんが選ばれたんでしょう？」

「そりゃあ、いろいろとあるさ」

「太陽重工業の佐伯大造が、冬木さんを、強力に推薦したようですね？」

「ああ、そうだ」

神谷は、肯いた。が、その顔は不快気だった。

「佐伯大造は、冬木さんに、何か約束したという噂《うわさ》もありますが？　錦ヶ浦の公害問題で、企業側に有利な報告を作るのと引き替えにということで――」

「それは、私も聞いてるよ。恐らく、研究所長のポストだろうね」

「研究所長？」

「太陽重工業では、新しく、富士山麓に研究所を作った。東洋一の規模を誇る大研究所だ。そこの研究所長のポストだよ。定年間近だった冬木君にしてみれば、ヨダレのたれるような地位だった筈だ」

（研究所長の椅子か？）

それも、太陽重工業の研究所だ。これが事実なら、冬木が飛びついただろうことも想像できた。さして財産があったとも思えないし、さほど、高名な学者でもなかったと思えたからである。誠実だといわれる冬木が、あんな中間報告をしたのも、研究所長のポストのためと考えれば、納得がいくような気もする。

だが、わからないことは、まだ残っていた。

「冬木さんは、佐伯大造とは、昔からの知り合いだったんですか？」

「いや。そんな話は、聞いたことがないね」

「じゃあ、冬木さんの方から、売り込んだんでしょうか？」

「冬木君は、気の小さい男だったからねえ。そんなことはできんよ」

神谷は、含み笑いをし、隣の若いホステスのお尻をなでた。嬌声があがる。この神谷なら、自薦も強引にやるだろうと、中原は苦笑した。

疑問は、解消した。というよりも、さらに増えてしまった感じだった。中原は、死んだ冬木のことを、もっと知る必要を感じた。

「冬木さんと、一番仲のよかった人を知りませんか？」

と、中原は聞き、神谷から、駒井という老教授の名前を教えられると、ホステスをからかってご機嫌な神谷を残して、その店を出た。

駒井という教授は、郊外の団地に住んでいた。

遅い時間だったが、駒井は、快く中原を迎えてくれた。今まで原稿を書いていたらしく、度の強い眼鏡をかけていたが、それを手で押えるようにしながら、中原を見た。

「冬木君のことは、新聞で見て、びっくりしているのですよ」

と、駒井は、眼鏡の奥で、眼をしばたいた。

「冬木さんが、調査団に選ばれたときの事情は、ご存知ですか？」

「だいたいのところは、知っているつもりですが」

「冬木さんが、あなたに話したんですか？」

「ええ」

「どんな風に話したんです？」

「冬木君は、前から、定年後のことを、いろいろと悩んでいましてね。生真面目で、上手《うま》く立ち回るということのできない人だったから、不安だったんでしょう。できれば、民間の研究機関に行きたいといってましたね」

「じゃあ、太陽重工業の研究所長の椅子は、ものすごく魅力的だったわけですね」

「あの話ですか」

と、駒井は、苦笑した。

「しかし、本当の話なんでしょう？」

と、中原は訊いた。駒井は、また、眼をしばたいてから、

「冬木君から、その話は聞きましたが、私は、何となく、今でも腑に落ちないところがありましてね」

「詳しく最初から話して貰えませんか」

「何日前でしたかね。冬木君が、夜遅く、訪ねて来ましてね。昨日、急に、太陽重工業の社長から、会いたいという電話を貰ったというんです。錦ヶ浦へ行く前ですよ」

「それまで、冬木さんは、佐伯大造と面識があったんですか？」

「いや。だから、冬木君も、私に相談しに来たんだと思うんですよ。彼の話だと、突然、佐伯大造氏の秘書から会いたい旨の電話があったというんです」

駒井教授が話してくれたところでは、こんな具合だったらしい。

冬木は、何故、佐伯が会いたいのかわからないままに、太陽重工業本社を訪ねた。佐伯は、初対面の冬木を、あなたの評判は聞いていますと持ちあげたあと、定年退職後は、ぜひ、今度新しく作った研究所の所長に就任して欲しいと要請した。

定年後の生活に不安を感じていた冬木は、感激して、九月の退職時期まで待たずに、今すぐ、S大を辞めて、研究所に行きたいというと、佐伯は、笑って、それでは、いささか不穏当なので、九月までは、S大にいて頂きたい。その間、太陽重工業の仕事について、

時々、サジェストして欲しいといった。

「佐伯氏は、九月までは、顧問料ということで、月二十万円ずつ差上げたいと、冬木君にいったそうです」

「ずい分、いい条件じゃありませんか。それなのに、何故、冬木さんは、あなたに相談しに来たんですか？」

「条件が、あまりにも良すぎたからでしょう。それに、冬木君は、こんなこともいってましたね。僕は、どちらかといえば地味な人間だ。有名な学者は他にいくらでもいる。それなのに、何故、僕に白羽の矢を立てたんだろうかと」

「それで？」

「次の日、学校へ、K書房の出版部長が来て、冬木君の本を出したいというんです」

「K書房といえば、学術書の出版では一流の出版社でしょう？」

「そうです。冬木君の書いたものは、地味なので、K書房から出たことはなかったんです。だから、私は、君もついて来たんだといってやったんですよ。太陽重工業の話も、K書房の話も、君の本当の力が、世間に認められたんだとね。どんな原稿でもいいというので冬木君は、今までに書き溜めてあった原稿を渡したといっていましたね」

「その本は、いつ頃出るんです？」

「もう出ましたよ。奇しくも、冬木君が殺された日にです」

駒井は、書棚から一冊の本を取り出して、中原の前においた。

『公害問題の原点・冬木晋太郎』

というタイトルの立派な本だった。帯には、「公害研究の第一人者が示す公害の実態」

と、宣伝文が書かれていた。

「ちょっと待って下さい」

と、中原は、本から眼をあげて、駒井を見た。

「K書房の人が、話を持ち込んだのは、いつですか？」

「太陽重工業の話があったのが、確か四月十一日でしたから、十二日ですね」

「それじゃあ、まだ半月ちょっとしか、たっていないじゃありませんか。本というのは、こんなに早く出来あがるものなんですか？」

「いや。普通は、二、三ヶ月はかかるでしょう。だから、この本は、異常な早さで出版されたというべきでしょうね。K書房は、公害問題を扱ったこの本は、現代でもっとも必要な本だと思ったので、全力をあげて、早く出版したといっていましたがね」

「それにしても、早いですね」

中原は、もう一度、本に眼をやり、その日数を数えてみた。四月十二日という日時が、中原の心に引っかかった。

（そうだ――）

と、中原は、思い出した。梅津ユカが自殺したのが、四月十日だった筈である。その翌日に、佐伯は、冬木に会って、甘い話を持ちかけ、翌々日には、異常とも思える出版話が持ちあがっている。これは偶然のことなのだろうか。

「調査団の話が持ち込まれたのは、いつなんですか？」

「十三日ですよ。それを冬木君から聞いたとき、ああそうかと思いましたね」

「それは、どういうことです？」

想像はついたが、中原は、念のために、訊いてみた。駒井は、小さく溜息《ためいき》をついた。

「冬木君を推薦したのが、佐伯大造氏ということですからねえ。研究所長の椅子で縛っておいてから、調査団に推薦したわけですよ。冬木君も、ずい分、辛かったと思いますね」

「冬木さんは、そのことを、どういってました？」

「彼は、何もいいませんでしたよ。それだけ悩んでいたということでしょうが」

「悩んだが、引き受けた。ということは、佐伯大造の要求も入れたということになりませんか？」

「その辺のところは、私の口からは、何ともいえませんが、もし、調査団の話と、研究所の話が、逆の順序で持ち込まれていたら、一も二もなく、冬木君は断わったと思いますね。断わり切れないような話の持ち込み方をしたところに、佐伯大造氏の巧妙さがあるんでしょうがね。それに、今から考えれば、研究所長の件も、一寸おかしなところがあったんですよ」

「どんなところです？」

「冬木君が、定年の九月まで待たずに、今すぐS大を辞めてもいいといったとき、佐伯大造氏は、変に物わかりよく、研究所長の椅子につくのは、九月以降でいいといった――」

「それは、もう聞きましたよ」

「今にして思うと、佐伯氏は、冬木君が、すぐ研究所長になっては困ったわけですよ。当分、S大の教授でいてくれた方がよかったのです。太陽重工業研究所長の肩書では、公害調査の団長には推薦できませんからね。S大の教授なら、公平な感じを与えられます」

「成程」

と、中原は、苦笑した。これで、冬木調査団が生まれた事情の一端が、わかったわけだが、まだ、不明のことが多かった。特に、佐伯大造が、何故、冬木に眼をつけたのか、その辺の事情を知りたかったが、駒井は、それは知らないといった。

駒井教授宅を辞したときは、もう、夜が深くなっていた。

中原は、自分のアパートに帰ると、錦ヶ浦に電話を入れ、京子に向こうの状況を聞いた。

状況は、ますます悪化しているようだった。吉川は、正式に起訴されたという。錦ヶ浦高校の生徒二十人が、東京から来た大学生五人と警察に押しかけ、吉川の釈放を要求して騒ぎ、九人が逮捕された。住民は、彼等の動きに対して冷笑的だという。

「生徒たちは、今度は、逮捕された仲間の奪還闘争をやるんだといっています」

と、京子は、困惑した声でいった。悪循環だなと、中原は思った。これで、公害問題は、ますます片隅に押しやられてしまう。

「すぐ帰りたいんだが、明日一杯、東京で調べなければならないことがあるんだ。どうしても、つかまえたいものがあってね」

「東京で、何をつかまえるんです？　先生」

「真犯人の尻尾さ」

と、いって、中原は、受話器を置いた。

3

翌日は、幸い晴れてくれた。

　中原は、まず、K書房を訪ねてみた。異常な早さで、冬木の本が出版されたことにも、何となく、作為の匂いを感じたからである。

　K書房は、神田にあった。三階建ての小ぢんまりしたビルである。中原は、受付の女事務員に、

「冬木晋太郎の『公害問題の原点』という本ありますか？」

　と、訊いてみた。

　女事務員は、すぐ、例の本を持って来た。中原は、定価の九八〇円を払ってから雑談の調子で、

「この本は、売れるのかい？」

　と、訊くと、女事務員は、急に、クスッと笑って、

「その本は、売れなくてもいいんですって」

「へえ。何故？」

「営業の人の話だと、刷る前から、もう買手がついていたんですって。最初は、刷った部数は全部買ってくれるっていったんですけど、それじゃあ、出版したことにならないからって、八割だけ買って貰ったそうですよ」

「買ったのは、誰だろう？」

「詳しくは知らないけど、大きな会社だそうですよ。今、公害問題がやかましいから、社内研修にでも使うんじゃないかしら」

「何部ぐらい刷ったの？」

「初版二万部ですって。そのうち、一万六千部は、もう売れちゃったんだから、こんな楽な仕事はないって、営業の人はいってましたわ」

女事務員は、陰のない笑い方をした。中原も、釣られた形で笑ってから、K書房を出たが、歩いている中に、その笑いは、彼の顔から消えてしまった。

本を買い占めたのは、太陽重工業に違いない。もっとはっきりいえば、佐伯大造だろう。何故、そんなことをしたかも、大体の想像はつく。あの女事務員がいったような、社内研修のためではあるまい。それなら、別に、異常な早さで出版する必要はないからである。

何故、そんなに早く出版する必要があったのか。答えは一つしか見つからない。冬木調査団が調査を終わらない中にということだ。神谷、駒井の二人の教授がいったが、冬木は、地味で、世間的な名声はなかった。佐伯としては、冬木が有名であってくれた方が、その調査報告に重味ができると考えるだろう。冬木の本は、そのために出版したものに違いない。「公害研究の第一人者」という帯の文句が、佐伯の願いを示しているように思えるではないか。

こう考えてくれば、買い占められた本の行方も、大体、想像がつく。佐伯は、一万六千部の本を、錦ヶ浦の町にばら撒くつもりに違いない。

中原は、そこまで考えてから、その佐伯大造に会ってみる気になった。

佐伯の邸は、原宿にある筈だった。中原は、在宅を確かめてから、タクシーを乗りつけた。

それは、文字通りの豪邸だった。門から玄関まで、黒い玉石が敷き詰められていて、歩くと、心地良い足音がした。横にある車庫には、佐伯の存在を示すように、シルバーメタリックのロールスロイスが、優雅な車体を横たえていた。

玄関に立って、呼鈴《ベル》を押すと、若いお手伝いが顔を出した。中原は、考えて、

「ご主人に、錦ヶ浦のことで、重大な話があると伝えて下さい」

と、頼んだ。それが功を奏したらしく、中原は、応接室に通された。壁には、佐伯の描いた富士山の油絵が掛かっていた。待たされている間、その絵を眺めていて、「錦ヶ浦にて」と、小さな文字で書いてあるのに気がつき、思わず苦笑した。勿論、公害など微塵もない景色である。佐伯は、どんな気持で、この絵を描いたのだろうと、中原が首をかしげたとき、ドアがあいて和服姿の佐伯が入って来た。

六十歳を超している筈だが、血色のいい顔は、五、六歳は若く見えた。

「待たせたかな」

と、佐伯は微笑し、ゆっくりとソファに腰を下ろした。

中原は、改めて名刺を差し出したが、それを見ても、佐伯の表情は変わらなかった。

「確か君は、わたしを告訴した弁護士だったね」

と、佐伯は笑った。怒らないのは、一介の弁護士など、問題ではないというのか、それとも、自分の寛大さを示そうとしているのだろうか。

「ところで、何の用かね？」

と、佐伯が訊いた。

「錦ヶ浦で、冬木教授が殺されたことは、勿論、ご存知でしょう？」

「知っている。惜しい人を亡くしたと思っているよ。公正な人だったからね。どうも最近は、公害、公害と騒ぎ立てれば人気が出るものだから、学者という学者が、必要もないのに、公害を口にする。公害を売名に使っとるんだ。そんな中で、あの人だけは、学者の良心といったものを感じさせたからね、時流におもねるということがなかった。その点、実に立派な人だった」

（学者の良心か）

と、中原は、苦笑した。佐伯は、研究所長の餌で、学者の良心を買ったのではなかったのか。

「だから、研究所長のポストを約束なさったわけですか？」

と、中原は、自然に皮肉な言葉遣いになった。が、佐伯は、表情を変えずに、

「研究所長？　何のことかね？」

と、いい、ゆっくりとパイプに火をつけた。

「新しく作られた研究所のことですよ。僕は冬木さん自身に聞きましたがね。定年後の生活に希望が与えられたと、佐伯さんに感謝していましたよ」

中原は、カマをかけてみた。

佐伯は、苦笑して、

「わたしの知らん話だ」

と、いったが、中原は、その言葉に嘘を感じた。佐伯自身の感情が、彼を裏切ってしまっているのだ。定年間近い大学教授に、研究所長のポストを約束して、喜ばせたことが、内心得意なのに違いない。権力者の喜びというやつだろう。それが、どうしても表情の端に出てしまうのである。

中原には、どうしても知りたいことがあった。佐伯が、何故、世間的に有名でない冬木を選んだかということだった。

「冬木教授のことを、よくご存知のようですね？」

と、中原は、訊いてみた。

「いや。別に親しくはなかったな」

と、佐伯は、用心深いいい方をした。

「S大の教授で、冬木さんの他に、ご存知の方がいますか？　例えば、神谷教授なんてどうです？」

と、中原が訊いたのは、ひょっとすると、佐伯は、S大と何か関係があって、その縁で冬木を知ったのかも知れないと、考えたからである。

だが、佐伯の反応は鈍いものだった。

「カミヤ？　知らんな」

「駒井教授は？」

「コマイ？　何者かね？　そりゃあ」

「じゃあ、香取昌一郎は、ご存知でしょう？」

「カトリ？」

「冬木調査団の一員で、冬木教授の教え子ですよ」

「ああ、あの男か」

と、佐伯は肯いてから、いくらか、あわてた口調で、

「一度、会っただけだ」

と、いい直した。

中原は、微笑した。ああ、あの男か、といういい方が、香取昌一郎の印象が、相当強いものだったことを示している。

(冬木を、佐伯に紹介したのは、香取らしい)

と、中原は思った。

「香取という青年の印象は、いかがでした?」

「印象?」

「一度は、お会いになったわけでしょう?」

「ああ、そうだったな」

「頭のいい青年だったでしょう?」

「まあ、そうだな」

「そして、功名心に燃えた青年という感じだったでしょう?」

「そこまではわからんよ。一度しか会っておらんのだから」

「香取を、調査団の一員に推薦したのも、あなたですか?」

「知らんね」

と、佐伯は、否定し、そのあと、彼は、腕時計に眼をやり、「忙しいのでね」と、短くいった。それは、もう話すことはないという宣告だった。

中原は、礼をいって立ち上がったが、帰り際に、壁の油絵に眼をやり、

「昔の錦ヶ浦は、実に美しい所だったんですねえ」

と、皮肉をいった。佐伯は、何もいわなかった。

4

中原は、佐伯邸を出ると、タクシーを拾って、もう一度、S大を訪ね、今度は、香取と同じように、助手をしている落合という青年に会った。

中原は、彼を、S大の近くにある喫茶店に誘った。コーヒーを注文してから、中原が、香取の名前を口にすると、落合の顔に、苦笑が浮かんだ。

「彼は、われわれのホープですよ」

そのいい方に、羨望《せんぼう》と皮肉が入り混じっていた。

「何故、ホープなんです？」

「われわれは、中途半端な存在でしてね。教授のポストは、なかなかあかないし、むしろ教授の定員は減らされる傾向にあります。正直にいって不安ですよ。それに、助手の給料なんてタダみたいなものですからね。僕なんかも、アルバイトをやって、やっと生活しているわけです。そうかといって、大企業に就職しようと思っても、新卒者を採用するようにはいかんというので、敬遠されましてね。八方塞がりですよ。そんな中で、彼は、いいコネをつかみましたからねえ」

「冬木調査団の一員に選ばれたからですか？」

「それもありますが、それより、太陽重工業にコネがついたことの方が大きいですよ。錦ヶ浦の調査がすんだら、二年ばかりアメリカに留学して、そのあと、太陽重工業の研究所へ入ることになっているそうですからね」

「ほう」

と、中原は、眼を光らせた。

「それは、香取さん自身が口にしたことですか？」

「バーで一緒に飲んだときにね。五、六人の仲間で飲んでいたんですが、一瞬、座が白けましたね。いってみれば、出し抜かれたという口惜しさでしょうね」

落合は、また、苦笑した。

「しかし、香取さんは、どうやって、そんな上手くコネをつかんだんですか？」

「その辺はどうも——他の人にも関係がありますからね」

「じゃあ、僕が当ててみましょうか。冬木教授を、太陽重工業社長の佐伯大造に紹介してじゃありませんか？」

「ご存知なんですか」

と、落合は、驚いた顔になり、「それなら話してもいいでしょう」と、身体を乗り出した。

「これは悪口になってしまいますが、彼は、自分のために、冬木教授を佐伯に売り込んだようなものですよ。頭がいいといえばいえますがね。錦ヶ浦で、公害に抗議して少女が自殺したことがありましてね。それが新聞に載った日のことなんです」

「知っていますよ」

と、いってから、中原は、自然に苦笑していた。

「僕なんか、頭が悪いもんだから、漠然と、その記事を読んだんですが、彼は、違うんですよ。ピカッと頭に閃《ひらめ》いたというんです。これで、錦ヶ浦に公害騒ぎが起こる。そうなれば、太陽重工業が苦境に立つ。今こそ、太陽コンツェルンに、自分を売り込むときだとね。自分一人じゃ無理だからというんで、冬木教授と一緒に、その日の中に、佐伯大造に売り込んだんですよ。どんな売り込み方をしたのか知らないんですが、それからすぐ、冬木調査団が出来たところをみると、彼は、それも予期していて、好人物の冬木教授を、佐伯に売りつけたのかも知れません。頭の回転が早いですからねえ」

「冬木教授の娘さんを知っていますか？」

「亜矢子さんでしょう？　僕も、何度か会ったことがありますよ」

「彼女と香取さんは、恋愛関係にあるようですね？」

「彼は、女にも強いですからね」

落合は、また苦笑した。

「彼女の他にも、女性がいるんですか？」

「何人もね。彼は、よくテニスをやりますが、それも、ガールハントの一つの方法だと、自分でいってますよ」

「ほう」

「彼は、無理をして、会員制のテニスクラブに入っているんですが、その理由を聞いたら、そこなら、金持ちの娘が来るというんです」

「ガールハントが、即ち、コネ作りというわけですか？」

「そんなところです。しかし、もう彼はテニスはやらないでしょう」

「何故です？」

「佐伯の娘は、テニスはやらないそうですからね」

「佐伯大造に娘があったんですか？」

「香取の話だと、一人娘が、アメリカに留学しているそうです」

「成程ね」

と、中原は肯いた。冬木亜矢子も、それを知っていて、ああいう堅い、暗い顔をしているのか。

「吉川さんは、知っていますか？」

と、中原は、質問を変えた。

「ええ。同期でしたからね。新聞で、冬木教授を殺した犯人だとあったんで、びっくりしているんです。本当に、彼が犯人なんですか？」

「警察は、そう見ていますよ」

と、中原はいってから、落合に、どう思うかと、逆に訊いてみた。

落合は、しばらく考えてから、

「あの男に、人が殺せるとは思えませんね」

と、いった。

5

中原は、錦ヶ浦に戻る前に、もう一度、冬木亜矢子に会いたいと思ったが、家を訪ねてみると、留守だった。

行先はわからなかったが、中原は錦ヶ浦へ行ったような気がして、そのまま、東京駅から列車に乗った。

沼津へ着くまでの間、中原は、東京で調べたことを、頭の中で反芻《はんすう》してみた。

中原は、冬木を殺したのが、吉川だとは思っていなかった。

だが、吉川以外の人間が犯人だとしても、その動機に、見当がつかない。鈴木晋吉が犯人なら、簡単だが、彼にはアリバイがあった。それに、もう死んでしまっている。

館林、伊丹といった、いわば、味方の人間が、冬木を殺したとは考えたくはなかった。だが、敵側の人間が、冬木を殺したとするには、動機がわからなくなってしまう。

（問題は、動機だが――）

東京に丸二日いて、何かがわかりかけているような気がするのだが、それが何なのか、まだ、はっきりつかめないのだ。

沼津から、竜宮丸に乗った。錦ヶ浦の海は相変わらず、茶褐色に汚れていた。

錦ヶ浦湾には、今日も、アカネエビ漁の漁船が群れていた。竜宮丸は、その漁船を避けるように、やや遠回りしながら、錦ヶ浦湾に入った。陽焼けした船長は、エンジンを停めてから、傍にいた中年の女客に、「エビは漁《と》れんようだのう」と、声をかけた。

桟橋には、伊丹と、京子が迎えに来てくれていた。

「君が、今日戻って来てくれて助かったよ」

と、伊丹が、ほっとした顔で、中原にいった。

「冬木調査団は、明日、東京へ帰ってしまうからね」

「そうか。もう一週間たったんだな」

と、中原は、肯いた。伊丹は、旅館への道で、公害問題について、悲観的な予想を口にした。

「吉川が逮捕されて以来、錦ヶ浦高校の生徒たちは、地道な調査の方は、すっかりやる気をなくして、直接行動に訴えることばかり考えている。おれと館林先生とで、いくら説得しても聞きやせん。これでは、ますます、冬木調査団に箔《はく》をつけてしまう。向こうは、自動測定装置を持っているから、データは、ちゃんと集計しているからな」

「生徒は、何人か逮捕されたそうじゃないか」

「ああ。錦ヶ浦高校の生徒七人に、大学生二人だ。それで、生徒たちは、ますます、いきり立つし、ますます、公害問題から離れていくんだ」

伊丹は、大きく肩をすくめて見せた。中原は、京子に視線を移して、

「冬木亜矢子は、戻って来ているかい？」

「今朝早く、船で着きました」

「それで、今は？」

「ホテルにいる筈ですわ。でも、何のために彼女が戻って来たのか、わからないんです」

「恐らく、香取昌一郎の愛情を確かめたくて戻って来たんだろう」

と、中原はいった。勿論、推測にしか過ぎなかったが、この想像は、当っているだろうと思った。

「へえ」

と、京子は、若い女性らしく、好奇心をむき出しにして、

「じゃあ、あの二人の間は、あまり上手くいってないんですか？」

「僕も、本当のところは知らん。ただ、彼女に会ってみると、幸福そうに見えないんだ。父親が死んだためだけじゃないように思えるんだな。豊かな愛情に包まれているようには、到底、見えない。絶えず、愛情のことで、苛立《いらだ》っているような気がするんだ」

「そういえば、香取って人は、とても魅力的な青年だけど、一寸、冷たい感じもしますわ。そこがまた、魅力なんですけど」

「プレイボーイという感じかね？」

と、伊丹が訊く。

「一寸、似てるけど、本質的には、違うタイプだと思うんです」

「どう違うんだい？」

「プレイボーイというのは、女性と楽しむこと自体に、生甲斐を感じるタイプでしょう。だから、女性の方が傷ついたとしても、その傷には、甘さがあると思うんです。でも、香取昌一郎は、タイプが違う感じ、プレイボーイというより、野心家という感じなんです。女も、彼の野心のためにあるんじゃないかしら。だから、彼によって傷つくと、めちゃくちゃに傷ついてしまうと思うんですけど」

「それは、当たっているかも知れないな」

と、中原は、肯いた。

「現に、香取は、佐伯大造の一人娘を狙《ねら》っているという噂もあるからね」

中原が、落合から聞いた香取の噂を聞かせると、京子は、「やっぱりねえ」と、小さく溜息をついて、

「亜矢子さんて人も、可哀そうね」

と、呟くようにいった。

伊丹は、どうも苦手な話だというように、黙って聞いていたが、

「東京で、吉川の無実を証明するようなものが見つかったのか？」

と、話題を変えた。

中原は、東京で調べたことを、伊丹と京子に、かいつまんで話した。

伊丹は、肯きながら聞いていたが、

「香取が、冬木を佐伯に売り込んだというのは面白いな」

と、眼を輝かせた。

「そうだろう」

と、中原は、微笑して、

「香取は、佐伯大造に取り入って、アメリカ留学や、帰国後の研究所入りの約束を手にした。その約束は、恐らく、調査団の報告が、佐伯の期待するようなものだったときの、反対給付という形のものだろうと思うんだ。だから、冬木と香取は、二人とも、どうしても、錦ヶ浦に公害なしという報告を作らなければならなかったんだ」

「呆《あき》れたわ」

と、京子が、甲高い声を出した。

「政府の調査団なのに、最初から二人とも買収されていたなんて、こんなのインチキだわ」

「まあ、そう怒りなさんな」

と、中原は、笑ってから、

「相手は佐伯大造だ。そのくらいの手は回すさ。問題は、香取が、冬木を佐伯に売り込んだということなんだ」

「そういうことは、いってみれば、冬木調査団の陰の演出者が、香取だということなんじゃないか？」

と、伊丹がいった。

中原は、難しい顔になって、

「それは、少しうがち過ぎだと思うが、こういうことは、いえると思うんだ。最初、冬木調査団に、香取は加わっていなかった。それが、あとになって、急に、参加することになった。勿論《もちろん》、これも、佐伯の圧力だろうが、何故、佐伯が、急に、香取を調査団に加えたか、それが問題だと思うんだがね」

「香取を加えた方がいいと、佐伯が判断したからだろう」

「何故、佐伯が、そう判断したんだと思う?」

「それは、佐伯に聞いてみなきゃわからんだろう」

「まあ、そうだが、推測はできると思うんだ。冬木調査団が、万一、企業側に不利な報告書を出すようなことがあれば、太陽コンツェルンにとって、大きな痛手になる。公害病患者に対する補償、漁民への補償、公害防止のための莫大な投資。それだけじゃなく、次のコンビナート造りに支障を来たすし、太陽重工業の系列会社の信用が低下する。何億、何十億という損害だよ。それを考えれば、佐伯は、神経質の上にも、神経質にならざるを得なかったと思うんだ」

「だから、研究所長の椅子で買収した冬木を、強引に、調査団のチーフに推薦したんだろう」

「そうなんだ。だが、それでも、佐伯は不安だったんじゃないかと思うんだ。それで、万一に備えて、アメリカ留学で買収した香取を調査団に加えたに違いないとね」

「まるで、お目付役だな」

「そう考えてもいい。と、いうことはだね。佐伯の気持の中に、冬木を完全に信頼しきれない何かがあったんじゃないだろうか」

中原は、熱っぽい話し方になっていた。喋っているうちに、彼の頭の中で、ぼんやりしていたものが、次第に、はっきりした形をとってくるような気がした。

いつの間にか、中原たちは、旅館の前を通り過ぎてしまっていた。京子に注意されて、あわてて、旅館に入ったが、部屋に通ったあとも、中原は、同じ話を、伊丹に向かって続けた。

「冬木は、何故、完全に信頼されていなかったと思うんだ？」

と、伊丹の方も、話の続きに戻った。中原は、仲居の運んでくれたお茶を、口に運んでから、

「吉川がいっていたが、冬木教授は、地味で、生真面目な性格だったらしい。これは、僕が東京で会った人が、みんな同じことをいっていた。だから、佐伯は、研究所長の椅子を約束しておいても、安心しきれなかったんじゃないかと、思うんだがね」

「しかし、冬木の中間報告は、完全に企業サイドだったじゃないか？」

「ああ。そうだ。だが、死ぬ直前も、そうだったろうか？」

「どういうことだい？　そりゃあ」

伊丹が、眼を光らせて訊いた。彼も、中原が、何をいおうとしているか、おぼろげにわかって来たらしい。

中原は、また、お茶を口に運んだ。

「冬木が、死ぬ直前に、公害問題をどう捉えていたかで、犯人像は、がらりと変わってくる筈だよ。もし、中間報告のままだったら、犯人は、われわれの側の人間の可能性が強い。だが、もし、冬木が良心に目覚めて、中間報告を改めなければならないと、考えていたとしたら、犯人像は、逆になってしまう。調査団側の人間、特に、香取の疑いが濃くなってくるわけだ。逆に、吉川には、動機が無くなることになる」

「確かに、その通りだが、どうやって、それを証明するんだ？　死者に聞くわけにはいかないだろう？　死ぬ直前の冬木が、公害に対して、どう考えていたか、誰に聞くんだ？」

「最後に会ったのは、犯人の筈だから、犯人に聞けば一番いいんだが、真犯人がわかっていない今では、無理だ。だが、何かある筈だ。冬木が、死ぬ直前に、公害に対してどんな気持を持っていたかを示すものが、何かある筈だと思うんだ」

中原は、立ち上がると、熊のように、部屋の中を歩き回った。そんな中原を、伊丹は、あぐらをかいた恰好《かっこう》で、見上げて、

「吉川は、あの夜、ホテルで会ったんだろう？」

と、訊く。中原は、立ち止まって、「ああ」と、肯いた。

「吉川の言葉を信じれば、冬木の部屋で食事を一緒にして、それから別れている」

「吉川は、冬木を説得しに行ったんだろう？」

「そうだ」

「その説得は、成功したのか？　成功したのなら、冬木は、良心に目覚めて、報告書を書き換える気になっていたと考えられるじゃないか」

「それがわからないんだ。吉川の話だと、冬木は、黙って、吉川のいうことを聞いていただけだというんだ。それで、吉川は、例の公害日誌を渡して、これを読んで下さいと頼んで、別れたというんだ」

「成程ね。問題は、吉川が別れたあと、冬木の気持が変わったかどうかということだな。だが、これは、真犯人以外は知らないんじゃないか？」

伊丹は、肩をすくめた。

中原は、また、部屋の中を歩き出した。

「そうだ！」

と、急に、中原は、大声を出して、立ち止まった。

「あれだよ。公害日誌だよ」

と、中原は、伊丹にいった。伊丹は、きょとんとした顔で、中原を見上げた。

「公害日誌がどうしたんだ？」

「君も、あの公害日誌は見たろう？」

中原が、聞き返した。その顔が、興奮のために、紅潮していた。

伊丹の方は、まだ、中原のいいたいことがわからないという顔で、

「あれは、立派なものだ。だが、それがどうしたんだ？」

「冬木に会った吉川は、あの公害日誌を渡して、眼を通して下さいと頼んで別れたんだ」

「それは、さっき聞いたよ」

「警察の発表だと、その公害日誌が、冬木の部屋になかったというんだ。どこかへ消えてしまっているんだ」

「冬木が、燃やしてしまったんじゃないのか？」

「違うね。冬木は、吉川が別れたあと、すぐ殺されている。眼を通すぐらいの時間はあったろうが、そのあと、燃やすだけの時間はなかった筈だ。それに、部屋で燃やせば、その跡が残る」

「あと部屋に入りそうな人間といえば、ホテルの従業員ぐらいだが」

「ホテルの従業員は無視していい。彼等には、意味のない書類だからね」

「そうすると、残るのは、犯人ということか？」

「そうだ。真犯人が隠したんだ。常識的に考えれば、真犯人は、公害日誌を、そのまま冬木の部屋に置いておく筈だ。吉川に罪を着せやすくなるからね。だが、真犯人は、反対の

行動をとった。何故だろう？」

「公害日誌が、そこにあることが、犯人に不利になるからだろう。違うか？」

「同感だ。それで、こう考えてみたんだ。冬木は、公害日誌を読み、それから、吉川の話を思い出して、良心に目覚めたと。学者としての良心にだ。そして、良心的な調査報告書を出そうと決心した。そうなると、一番困るのは、佐伯大造と――」

「香取昌一郎だな」

「そうだ。冬木が変心すれば、香取は、アメリカ留学も、将来の研究所行きもふいになるからね」

「それで、自殺に見せかけて、冬木を殺したというわけか」

「そうだ。塩水を作って、溺死《できし》に見せかけようとするなどというのは、いかにも、小才の利く青年らしいやり方だ。だが、錦ヶ浦の海の汚染に何の関心もなかった男らしく、作った塩水を汚すことを忘れてしまった。吉川がもし本当に犯人なら、そこまで気を配った筈だ。吉川は、毎日、汚れた錦ヶ浦の海を眺めていたからね」

「その点でも、吉川は、無実というわけだな」

「そうさ。ところで、公害日誌だが、香取が隠した理由は、二つ考えられると思うんだ。一つは、冬木が、何か書き込んだ場合だ。例えば、冬木が、この日誌は正しいとでも書き込んだとしよう。そんな公害日誌が発見され、新聞に取り上げられたら、香取には、命取りだ。第二には、そんな書き込みがない場合だが、それでも、香取は、あの公害日誌が、公《おおやけ》になるのが怖かったと思うんだ。専門家が見れば、あの公害日誌が、どんなに正確に、錦ヶ浦の公害の実態を指摘しているかわかるからね。そうだろう?」

「ああ。あの公害日誌は、君のいう通り、錦ヶ浦の公害の実態を、余すところなく摘発しているよ。勿論、香取にだってわかったと思う。彼も、その方の専門家だからね」

「だから、冬木を殺してから、公害日誌を隠したんだ。あの殺人事件は、公害をタネに、自分の立身出世を図ろうとする卑劣な人間が引き起こした、もっとも卑劣な犯罪ということなんだ」

「だが、問題は、それを証明できるかどうかだろう? どうやって証明するんだ?」

伊丹が、中原を見上げて訊いた。

「それを、これから考えるんだ」

と、中原がいったとき、部屋を出て行った京子が、一冊の本を持って、戻って来た。

「先生。この本が、この町の全部の家に、無料で配られたんですって」

と、京子が、眼を大きくして、中原にいった。

「やっぱりね」

と、中原は、笑った。取りあげてみると、案の定、K書房で出した冬木の『公害問題の原点』という本だった。

6

中原は、直接、香取昌一郎にぶつかってみることにした。

勿論、香取が、自供するとは思えなかったが、彼の反応を見たかったからである。中原が追及すれば、ひょっとすると、何かボロを出すかも知れない。

中原は、旅館で一休みしたあと、一人で、錦ヶ浦ホテルに、香取を訪ねた。あるいは、面会を断わられるのではないかと思ったが、意外にあっさりと、部屋に通された。

香取は、ソファに両足を投げ出すような恰好で、中原を迎えた。

「弁護士さんが、僕に何の用です？」

と、香取は、笑いながら訊いた。その顔は、自信にあふれているように見えた。東京に帰れば、アメリカ留学が、佐伯大造によって用意されているのだから無理もないかも知れない。それに、アメリカで、佐伯の一人娘と上手い具合いになれば、将来は、太陽重工業の重役の地位も約束される。そんなことも考えているかも知れない。

中原は、自然にむかついて来て、

「今日は、君を告発しに来たんだ」

と、強い声でいってしまった。

香取は、小さく笑った。

「何をいっているのかわかりませんね」

と、香取は、笑いながらいい、手を伸ばして、テーブルの上にあった煙草をとった。

「頭のいい君のことだから、もうわかっている筈だよ」

と、中原はいった。また、香取が笑った。

「弁護士というのは、妙に持って回ったようないい方をするんですね」

「ずばりといって欲しいのか?」

「どうぞ」

「君は、冬木教授を殺したね」

「何だって?」

と、香取は、さすがに声が高くなった。

「君は、恩師の冬木教授を殺したんだ」

「変ないいがかりはやめて貰いたいな。そんなことをいいに来たのなら――」

「黙って聞き給え。君は、錦ヶ浦に公害問題があると新聞で知ると、すぐ、頭を働かせて、佐伯大造に自分を売り込んだ。定年間近い冬木教授を引き出物にしてだ。企業防衛に腐心していた佐伯は、君の提案に飛びついた。冬木教授に、研究所長のポストという足カセをはめた上で、強力に通商局に推薦したんだ。かくて、冬木調査団が誕生した。君は陰の功労者というわけだ。その功績で、君はアメリカ留学と、帰国したあとのポストを、佐伯に約束して貰った」

「それがどうしたんだ？」

「これが、冬木調査団と君の正体だ。どんな報告になるかは、最初から決まっていたんだ。だが、冬木教授は、教え子の吉川に会い、話を聞いているうちに、気持がぐらついた。君より良心が残っていたということだ。それを知って、君は狼狽《ろうばい》した。冬木教授が良心的な最終報告を作ってしまったら、佐伯大造に対する君の面目は丸潰れになり、アメリカ留学も、帰国してからのポストも夢になる。だから、君は、冬木教授を殺したんだ」

中原は、わざと、公害日誌に触れなかった。香取が、まだ、公害日誌を隠し持っている可能性があったからである。香取の部屋からそれが発見されれば、一つの証拠になる。

「想像力の豊かな人だな。あなたは」

と、香取は苦笑した。落ち着き払っているように見えたが、眉間に、たてじわが寄っていた。

「君は、自分の利益のためだけに、恩師を殺したんだ。そんなにも、偉くなりたいのか？　君の外見は、現代風でカッコがいい。だが、肝心の君の心には、公害への怒りも、学問をする者に一番必要な良心も、ひとかけらもないんだ。あるのは、エゴイズムだけだ。君のような人間が、新しい公害を作り出していくんだ。僕には、それが許せない。絶対に許せない」

「演説は終わりかね？」

香取は、また笑った。が、その笑い方は、ぎこちなかった。

「演説でなく、宣告だ。君はもう終わりだ」

と、中原はいった。

香取の顔から、笑いが消え、怒りのために蒼《あお》ざめるのが、中原にもわかった。

「たとえ弁護士でも、犯人呼ばわりは許せないぞ。一体、どんな証拠があるんだ？」

香取が、噛《か》みつくようないい方をした。

「ないと思うのか？」

と、中原は、訊き返した。

香取の顔に、戸惑いの色が浮かんだ。それに、中原は、追い打ちをかけるように、

「君は、自分の才能に自信満々で、上手く立ち回ったと思っているだろうが、今の君の立場など、不安定そのものだということを、これから思い知らせてやる。これから、僕は、新聞記者と警察に、君のことを話す」

「誰が、そんなでたらめな話を信じるものか」

「信じるかも知れんし、信じないかも知れん。だが、君が真犯人かも知れないという噂は立つ。そうなったら、佐伯大造は、どうするかな。変な噂の立った人間を、そのまま調査団に残しておいたり、アメリカに留学させたりするほど、佐伯は甘い人間かね？　太陽コンツェルンの評判を少しでも傷つけるような人間は、もう不必要なんだ。それが、企業の論理だ。佐伯の論理だ。君は、警察に逮捕されなくても、もう終わりだ」

「君は、僕に何の恨みがあるんだ？」

香取は、立ち上がると、いきなり、手近にあった鉄製の灰皿をつかんだ。

さすがに、中原も蒼くなった。

だが、香取は、その灰皿を、中原に向かって投げつける代わりに、自分の足元に落とし、頭を抱えるポーズを作った。

中原は、苦笑した。この男は、自分に損になることは、絶対にしない人間なのだ。だから、中原のことも、絶対に殴らないだろう。

中原は、黙って、部屋を出た。

廊下で、冬木亜矢子に会った。

7

中原は、眼を伏せるようにして通りすぎようとする亜矢子を、呼び止めた。

亜矢子は、相変わらず堅い顔で、中原を見た。

(この女は、いつも、鎧《よろい》を着ているみたいだな)

と、中原は思った。彼女が、鎧を脱いで、協力してくれればいいのだが。

「貴女に大事な話がある」

と、中原は、亜矢子にいった。

「これから、一緒に、外へ出てくれませんか?」

「外へ?」

「埠頭へ行きませんか。あそこなら、誰にも聞かれずに、静かに話ができますからね」

「埠頭ですか?」

亜矢子の顔に、影がさした。恐らく、吉川とのことが、頭をよぎったのだろう。中原が、埠頭といったのも、その効果を狙ってのことだった。

「埠頭は、怖いですか?」

と、中原が訊くと、亜矢子には、それが挑戦と受け取られたとみえて、「いいえ」と、強い調子で、否定した。

「じゃあ、埠頭へ出ましょう」

中原は、勝手に、先に立って、ホテルを出た。

ホテルから埠頭までは、歩いて数分の距離である。

埠頭へ出てからふり向くと、亜矢子もついて来ていた。

夜の埠頭には、誰もいなかった。どんよりと曇っているせいか、海から吹きつけてくる風が冷たい。腕時計を見ると、まだ九時になっていなかった。

「ご用を、早くおっしゃって下さい」

と、亜矢子が、切り口上でいった。中原は、遠くにある水銀灯の明かりを受けて、ぼんやりと白い亜矢子の顔を見ながら、ゆっくりと煙草に火をつけた。どんな話し方をしたら、彼女は、心をひらいてくれるだろうか。

「ご用がないんなら、帰ります」

と、亜矢子は、相変わらず堅い声でいった。

「僕が怖いんですか？」

「いいえ」

「それなら、ゆっくり、僕の話を聞いて貰いたい」

「忙しいんです。私」

「人の命にかかわるほど忙しい仕事があるんですか？」

「どういうことですの？　それ」

「わかっている筈ですよ」

「いいえ」

「吉川さんが、とうとう殺人罪で起訴された。そのことは、ご存知ですね？」

「ええ。でも、私とは関係のないことです」

「そういい切れますか？」

中原は、亜矢子を、まっすぐに見つめた。彼女は、きゅっと、口を結び、返事をしなかったが、逃げ出しもしなかった。そこに、中原は、淡い期待を持った。

「あの夜、吉川さんは、貴女と埠頭で会う約束をしていた。だが、貴女は来なかった。貴女が来ていたら、彼が、逮捕されることもなかったのですよ」

「吉川さんは、私の父を殺したんです」

亜矢子は、中原から視線をそらすようにして、いった。

「本当に、そう信じているんですか？」

「警察は――」

「警察のことをいっているんじゃない。貴女の考えを聞いているんです」

「――」

「貴女だって、吉川さんが犯人だとは思っていない筈です。彼には、人は殺せない。貴女だって、そう考えていらっしゃる筈だ。違いますか？」

「――」

「僕は、貴女と吉川さんの関係が、どんなものか知りません。わかっているのは、吉川さんが、貴女を好きらしいということだけです。だからこそ、彼は、警察に逮捕されたとき、自分に不利になるのを承知で、貴女の名前を一言も口にしなかったのですよ。彼は、いい男です。この町には、どうしても必要な人間です。これからの日本に必要な人間だといってもいい。だから、貴女に助けて貰いたいのです。女性の貴女には、魅力のない青年かも知れないが」

「私は――」

「何です？」

「なかったら？」

「なくても、僕は、彼が真犯人だという気持は変わりませんよ。貴女には、残酷かも知れないが、彼は、自分の良心を、出世のために、企業に売り渡してしまっているのです。このまま東京に帰れば、太陽重工業の社長に、アメリカ留学を約束されているのです。それに、社長の一人娘と結婚する気でいる。すでに、調査団に加わったときから、貴女を裏切っていたのですよ」

「でも、何故、父を？」

「貴女のお父さんは、学者の良心に目覚めて、錦ヶ浦の公害を認めようとしたに違いない。だから、香取は、貴女のお父さんを殺したんです。自分の出世のために」

「――」

「とにかく、吉川さんを助けて下さい。今、助けられるのは、貴女だけですからね」

「――」

亜矢子は、黙って、海に眼をやった。

中原は、彼女の返事を待たずに、背を向けて歩き出した。彼女がどうするかは、彼女自身が決めるだろう。

8

翌朝、中原は、新聞の力を借りるために、日下部を探した。

日下部は、錦ヶ浦高校で取材中だった。

三日ぶりに見る錦ヶ浦高校は、門を堅く閉ざし、塀には、無数の落書きがしてあった。

はじめてここに来たときには、なかったものだった。

〈全学斗争に突入せよ！〉とか、〈公害企業、反動町政反対！〉といった、型にはまった殴り書きを見ると、中原は、勇ましさよりも、精神の荒廃を感じた。

日下部は、がらんとした校庭や校舎にカメラを向けていたが、中原が声をかけると、ふり向いて、

「錦ヶ浦の公害騒ぎも、終局を迎えたな」

と、いった。

「終局？」

「そうだ。公害問題は殺人事件にすり替わり、企業は安泰、住民はあいまいなままに沈黙を守り、若者たちは挫折感の虜《とりこ》になる。それで終わりさ」

「いや。まだ終わっていない」

中原は、強い声を出した。

日下部は、首をすくめた。

「町民会館で、冬木が中間報告をしたろう。あのとき、漁民たちが、一斉に拍手した。あのときに、錦ヶ浦の公害騒ぎは終わったのさ。君たちには、最初から勝ち味はなかったんだ」

「いや。違う」

「どう違うんだい？」

「中間報告をした冬木は殺された。何故、殺されたかが問題なんだ」

「警察は、吉川が、中間報告に怒って殺したと見ているんだろう？」

「だが、違う。犯人は、吉川じゃないんだ」

「じゃあ、誰が殺したというんだ？」

「香取昌一郎だよ」

「香取だって？　香取が、何故、味方を殺すんだ？」

日下部が、眼をむいた。

「本当の味方じゃなかったからだよ」

と、中原はいい、今までのことを、話して聞かせた。ただ、亜矢子のことだけは、口にしなかった。

日下部は、眼を光らせて聞いていた。

「面白い話だし、君の話を聞いていると、確かに、香取が真犯人に思えるが、ただ残念ながら、状況証拠だけだな」

「それは、わかっている。だから、君の新聞に書いて貰いたいんだ」

「新聞に？　無理だよ。殺人事件だぜ。状況証拠だけで、真犯人は香取昌一郎とは書けないよ。それこそ、名誉毀損《きそん》で訴えられてしまう」

「香取の名前を出してくれとはいってない」

「どうしろというんだ？」

「ボカして書いてくれていいんだ。佐伯大造が、香取に疑いを持つだけで、彼は参ってしまう筈だ」

「香取を憎んでいるみたいだな？」

「ああ。そうだ」

と、中原は、はっきりした声でいった。

「公害を作るのは、ああいう男だからだ。だから許せないんだ」

「その気持はわかるよ」

「それなら、書いてくれ」

「弱ったな。君の話が本当なら、面白い記事になることは、間違いないんだが」

「事実だよ」

「そうなると、吉川はどうなるんだ？　起訴されちまったんだぜ。彼が釈放されるメドでもないと、デスクは、記事を採用してくれそうもないがな」

「吉川は、釈放されるよ」

「本当か？」

「ああ」

「何故？　彼の無実を証明する何かが見つかったのか？　警察は、真犯人は香取だといったって、状況証拠だけじゃ、信用しないぞ」

「吉川のアリバイを証言してくれる人間が見つかったんだ」

「誰だ？　そりゃあ」

「今はいえないが、その人物は、警察に出頭して、吉川のアリバイを証言してくれる筈だ」

と、中原はいった。彼は、亜矢子が、助けてくれるものと確信していた。理屈ではなく、直感であった。

日下部は、まだ、半信半疑の顔をしていた。中原は、そんな友人に向かって、

「特ダネを失いたくなかったら、さっき頼んだことを、新聞に書いてくれ」

と、脅すように、いった。

「そうだな」

と、日下部は、あいまいな肯き方をした。

「香取のことを書いてくれるか？」

と、中原が念を押すと、日下部は、一寸考えてから、

「とにかく、警察へ行って、様子を見てくる。決めるのは、それからだ」

「君が、あんまりモタモタしていると、他の社に話す。とにかく、僕は、香取のことを書いて貰いたいんだ。どんな形でもだ」

「脅さないでくれよ」

と、日下部は、小さく肩をすくめてから、警察へ、貸オートバイを飛ばして行った。

中原は、旅館に戻ったが、落ち着けなかった。

香取昌一郎が、真犯人だという確信はゆるがない。というより、深まっていく。だが、日下部のいうとおり、状況証拠でしかないのだ。

だから、この状態では、香取が自己崩壊するか、日下部たちが手伝ってくれて、追い詰めるかしなければ、彼は参らないだろう。

それに、冬木調査団は、今日の午後三時に、町民会館で、住民に別れの挨拶をし、夜には、帰京してしまう。それまでに、香取を叩く必要があった。何故なら、調査団が引き揚げてしまえば、錦ヶ浦が、マスコミの注目を浴びることもなくなってしまうからである。

だが、希望どおりに、上手く運ぶだろうか。

昼前に、日下部が、最初の明るいニュースをもたらしてくれた。

彼は、貸オートバイを飛ばしてくるなり、

「警察に行ったら、どうも様子がおかしいんだ」と、中原や伊丹にいった。

「どうおかしいんだ？」

中原が、期待をこめて訊く。

「吉川を起訴することを決めたんだから、もう、のんびりしてなきゃならない筈なんだ。ところが、刑事たちが、あわてているんだよ。それで、探りを入れてみたら、冬木亜矢子が、吉川のアリバイを申立てて来たというんだ」

と、日下部は、急《せ》き込んだ調子でいった。

中原は、ほっとした。予想は当たったのだ。

「それで、彼女は、どんな風に証言したんだ?」

「事件の夜、吉川と、埠頭でデートの約束をしたといって、吉川の言葉を裏付けたそうだ」

「それだけじゃあ、警察は、あわてないだろ?」

と、訊いたのは、伊丹だった。彼は、言葉を続けて、

「デートの約束があったことは証明されても、吉川が、冬木を殺さなかったという証明にはならないからな」

「ああ、そうだ」と、日下部は、肯いてから、

「だが、彼女は、他に、こうも証言したんだ。デートの約束をして、吉川がホテルを出て行ったあと、父親の部屋に入ったら、まだ、生きていたとね。この証言どおりなら、犯人は吉川ではあり得ない。だから、警察があわてているのさ」

「それで、警察は、彼女の証言を取りあげそうかね?」

中原が訊くと、日下部は、難しい顔になって、

「今は、迷っているところだろう。だが、起訴するには、不利な条件が出来たことだけは確かだ。これは、弁護士の君の方が、よくわかるだろうがね」

「そうだな。これは、もともと、物的証拠といえば、指紋しかなくて、あとは、埠頭の目撃者の証

言だけの事件だからね。アリバイを証言する人間が出てくれれば、検事は、自信を失うだろうと思う。ところで、香取のことは、書いてくれるのか？」

「吉川のことで、君の言葉の正しさが証明されたから、香取のことも信じていい。だが、今の段階で、名前を出すのは無理だよ。ボカして書くのも、冒険なくらいだ」

「匂わすだけでいい。佐伯が、香取を信頼しなくなれば、それでいいんだ。それで、香取は自滅する筈だ。あいつは、自分の才気に酔っているが、彼の立っている基盤は、ひどくもろいものだからな。吉川の方が、ずっと強い基盤に立っているんだ。それを思い知らせてやりたいんだ」

「オーケイ。夕刊に間に合うように、原稿を入れるよ」

と、日下部は、約束してくれた。

午後になって、二つのニュースが、飛び込んで来た。

一つは、冬木調査団が、午後三時に予定していた、住民への別れの行事を、明日に延ばしたというニュースだった。従って、帰京も、明日の夜に延期になった。

何故、こうした変更が行なわれたのか、真相は、中原にもわからなかったが、警察の動きと、無縁とは思えなかった。吉川犯人説は、根拠を失いかけている。とすれば、警察は、いやでも、真犯人を探さなければならない。そのために、調査団にも、一日、帰京を延ばして貰ったのだろう。

これは、中原にとって、歓迎すべきニュースだったが、二つめの方は、悪いニュースだった。

午後三時すぎに、共闘派の大学生と、錦ヶ浦高校の生徒十数人が、警察署を襲撃したニュースだった。手製の火炎ビンが投げられ、建物の一部が焼けた。大学生五人と、高校生四人が逮捕された。その学生たちが、相変わらず、〈吉川教師奪回!〉とか、〈錦ヶ浦解放!〉と叫んだことに、中原は、腹を立てた。彼等は、吉川の釈放の邪魔をしているのだ。

9

夕食のあと、中原は、仲居に、夕刊を持って来て貰った。

日下部の東都新聞には、中原が頼んだことが、次のような記事になって載っていた。

〈錦ヶ浦の公害殺人に新事実か〉

という大見出しで、吉川にアリバイが成立して、釈放されるかも知れないこと、新しく、冬木調査団の一員に、疑惑が生まれていると書いてある。そして、最後は、次の言葉で締めくってあった。

〈――この新事実が、調査団の最終報告にどんな影響を与えるか、興味の持たれるところである〉

中原から見れば、香取を名指しで書いていないところは不満だが、新聞の公器性を考えれば、仕方がないだろうと思った。それでも、読む者が読めば、香取昌一郎ではないかと思うようには書いてあった。

中原は、その新聞を、伊丹や京子に回してから、満足して、煙草をくわえた。

今頃、佐伯大造も、東京で、この記事を読んでいることだろう。恐らく、佐伯は、苦虫を嚙み潰した顔になる筈だ。香取が犯人として逮捕され、佐伯との取り引きが明るみに出れば、太陽コンツェルンの信用に傷がつくからだ。

（佐伯がどう出るか、見ものだな）

と、中原は、思った。

香取も、恐らく、この記事に、錦ヶ浦ホテルで眼を通しているだろう。あの才走った男は、自分のことが書いてあるのだと、すぐ察するに違いない。

（そして、どうするだろう？）

不安に怯《おび》えながら、平静を装って、明日の帰京の時間まで頑張るだろうか。いや、香取のことだから、東京の佐伯に電話を入れて、弁明しているかも知れない。

中原が、そこまで考えたとき、仲居が入って来て、「これを」と、部厚い封筒を手渡した。

中身は、例の公害日誌だった。

「誰が、これを？」

と、中原が訊くと、小太りの仲居は、階下を指さすようにして、

「今、若い、きれいな女の方が見えて、これを、弁護士の中原さんに渡してくれって、おっしゃったんです」

と、いった。

(冬木亜矢子だ)

と、思った。彼女が、香取の部屋で見つけたのだ。

「それで、その女性は？」

「すぐ、お帰りになりましたけど」

と、仲居がいった。

中原は、立ち上がると、階段を駈けおりた。公害日誌を届けてくれたことよりも、吉川のために証言してくれたお礼がいいたかったからである。あの夜、吉川がホテルを出たあと、父の部屋に入ったら、まだ父は生きていたという証言は、あるいは嘘かも知れない。

恐らく嘘だろう。偽証罪に問われる危険を冒してまで、吉川のために証言してくれたのは、吉川に対する贖罪《しよくざい》意識なのか。

旅館を飛び出したが、亜矢子の姿は見えない。

中原は、ホテルに向かって駈け出した。が、ホテルの見えるところまで来ても、彼女の姿は視野に入って来なかった。

(何処へ行ってしまったのだろうか?)

と、考えてから、中原は、あわてて、逆の方向へ走り出した。

桟橋の見える場所へ来て、中原は、予感が当たったのを知った。

竜宮丸の客のために、桟橋の中央あたりに、木製のベンチが一つ、剝《む》き出しで置いてある。亜矢子は、それに、ポツンと腰を下ろしていた。

夕陽が、彼女に当たって、長い影を作っていた。足元に、白いスーツケースが一つ置いてあるのが、一層、彼女を孤独に見せていた。

中原は、声をかけるのが、ためらわれた。礼をいうことが、かえって、彼女を傷つけるような気がしたからである。

夕闇が、少しずつ、亜矢子の身体を押し包んでいく。中原は、ゆっくりと彼女に背を向けて、歩き出した。

第六章　怒りをこめて

1

中原は、期待を持って、朝を迎えた。

今日中に、吉川を釈放させ、香取を告発し、錦ヶ浦の公害の実態を、マスコミを通じて、世間に認めさせなければならない。

難しいことは、わかっていたが、全く成算がないわけではなかった。

亜矢子が置いていった公害日誌に、死んだ冬木教授の書き込みが見つかったからである。

それは、最後の頁に、赤いボールペンで書かれてあった。最後の頁ということは、全ての頁に眼を通したことを意味している。

〈慙愧《ざんき》。私は、この高校生たちにも劣る。吉川君、君は正しい。冬木〉

書いてあったのは、それだけの文字だったが、中原には、これで十分だった。冬木は、明らかに、中間報告の誤りを認め、吉川や生徒たちを正しいと認めているのだ。

中原は、陽が高くなるのを待って、公害日誌を持って旅館を出た。

錦ヶ浦湾には、今日も、アカネエビを獲る漁船が目白押しに出漁していた。漁民たちにとっては、吉川のことも、生徒たちの騒ぎも、自分たちには、何の関係もないという感じなのかも知れない。

警察署に近づくと、向こうから、貸オートバイに乗った日下部があらわれ、中原が行先をいうと、後ろに乗せてくれた。

「夕刊に、記事を載せてくれて有難う」

と、中原は、まず礼をいった。

「あれで、香取は参るのか？」

と、前を向いたまま、日下部が訊いた。

「少しはこたえた筈だ。それで、これから、警察に、香取を告発に行くんだ」

「告発って、告発する材料でもあるのか？」

「まあ、見ていたまえ」

と、中原は笑った。

錦ヶ浦警察署は、昨日、日下部がいったように、何かざわついていた。

壁に黒く焦げているのは、学生たちが、火炎ビンを投げた跡だろう。再度の学生の襲撃に備えるためか、入口の両側には、武装した機動隊員が立っていた。

中原は、日下部と一緒に中に入り、いつかの警部補に会った。

この間は、自信満々だった警部補だが、今日は、顔色が冴えない。それだけ、中原の方は、一層、力を得た。

「吉川先生は、いつ釈放して貰えるんですか？」

と、中原は、直截《ちょくせつ》に訊いた。

警部補の顔に、苦笑が浮かんだ。

「吉川は、もう起訴しましたからね。釈放するかどうかは、検事の判断にかかっているのですよ」

「アリバイが成立したことは、検事に報告なすったんでしょうね？」

「アリバイが成立したというのは、正確じゃないですよ。まだ、アリバイを証言する人間があらわれたという段階です。勿論、検事に報告はしましたがね」

「今日中に、釈放されますか？」

「さあ。それは、検事の考え方次第ですからねえ。われわれとしては、どうも」

警部補の話し方は、どうも歯切れが悪かった。それが、そのまま、警察の苦悩を示しているようにも感じられた。

「あなたは、どうお考えなんです？　まだ吉川先生が、冬木教授を殺したと信じているわけじゃないでしょう？」

と、中原は、質問の形を変えた。警部補は、一層、困惑した表情になった。

「アリバイが完全に成立すれば、犯人は吉川じゃないということになりますがねえ」

警部補の口ぶりは、相変わらず、歯切れが悪かった。

「警察の苦しい立場はわかりますがね」と、中原は、皮肉な眼つきになって、

「アリバイが成立しなくても、吉川先生が犯人じゃないことは、証明できるんですよ」

「どうやってです？」

「まず、第一に、例の塩水ですよ。犯人は、きれいな塩水を作ったものだから、殺人だとバレてしまった。犯人が吉川先生なら、絶対に、こんなミスはしない筈です。何故なら、彼は、三年間も、錦ヶ浦の汚染を調べていたからです。錦ヶ浦の海が、どんな風に汚れているか、正確に知っていた筈ですよ。バレるようなミスはしない筈です」

「確かに、そういうことはいえますがね。決定的な証拠というには、どうも――」

「吉川を逮捕するときには、もっと不確かな状況証拠だけで、さっさと令状を取ったんじゃないんですか？」

と、横から、日下部が、皮肉をいった。

警部補は、一層、苦い顔になった。中原は、笑って、日下部を制してから、

「もう一つ、吉川先生が犯人ではないという決定的な証拠があるんです」

と、警部補にいった。

「本当ですか？」

と、警部補の顔が厳しいものになった。

中原は、持って来た公害日誌を、相手の前に置いた。

「その一番最後の頁にある書き込みを、読んで下さい」

中原の言葉に、警部補は、公害日誌を手に取った。

「慙愧《ざんき》。私は、この高校生たちにも――」

と、警部補は、声に出して読んだが、まだ、その重要さに気がつかないようだった。

「冬木とあるのは、亡くなった冬木教授のことですか？」

眼をあげて、警部補が訊いた。

「勿論です。信用できないのなら、筆跡鑑定をしてご覧なさい」

「これが冬木教授の書いたものだとして、事件と、どう関係してくるんです？」

「吉川先生は、ホテルに冬木教授を訪ねたとき、その公害日誌を、読んで下さいといって渡したんです。警察でも、そう証言している筈ですよ」

「だが、冬木教授の部屋を調べたとき、こんなものは、なかった筈ですがね」

「それがあったのですよ」

と、中原は微笑した。

警部補の顔が赤くなった。

「一体、どこにあったんです？」

「香取昌一郎の部屋に隠してあったのです」

「香取の？」

警部補の眼が光った。

「本当に、香取昌一郎の部屋にあったんですか？」

「本当ですよ。嘘だと思うのなら、帰京した冬木亜矢子に聞いてご覧なさい。指紋の検査でもいい。その公害日誌には、香取の指紋もついている筈です」

「しかし、何故、香取が、これを隠す必要があるんです？」

「それは、香取が、冬木教授を殺した真犯人だからですよ」

「一寸待って下さいよ」

と、警部補は、いくらか、あわてた顔になって、手をふった。

「あなたは弁護士だから、でたらめはいわないと思いますが――」

「勿論、でたらめじゃありませんよ」

「じゃあ、理由を説明して頂きましょうか？」

「冬木教授が、吉川先生と別れたあとで、それを読んだことは、書き込みによって明らかです。つまり、吉川先生が別れたときには、冬木教授はまだ生きていたという証拠ですよ。これだけでも、吉川先生の無実は明らかです。次は、その書き込みの文章です。お読みになればわかるとおり、冬木教授は、その公害日誌を読んだあと、公害に対して、考えを変えたのです。つまり、冬木教授は、中間報告と違う最終報告書を作る決心をしたのです。そうなって困るのは、企業側です。そして、香取は、企業の回し者といってもいい存在だった。彼には、冬木教授の変心は許せないことだったのです。だから、殺したのですよ」

中原は、香取と佐伯大造の関係や、アメリカ留学の約束などを、話した。

警部補は、黙って聞いていたが、その顔には、次第に、狼狽の色が深まっていくのがわかった。それは、吉川を逮捕したのが誤りだったらしいという狼狽のようだった。

「もし、それが事実なら――」

と、警部補は、かすれた声を出した。中原は、押しかぶせるように、

「事実ですよ」

と、大きな声でいった。

「このことを、担当の検事に、ぜひ伝えて下さい。無実とわかった人間を、これ以上勾留するのは罪悪ですからね。それに、できるだけ早く香取を押えた方がいいですよ」

「香取が逃げるというんですか？」

「そうです。香取がというより、佐伯大造が手を回して、香取を隠してしまう恐れがあるからです」

「まさか。太陽重工業の社長ともあろう人が、そんな馬鹿な真似をする筈がない」

「太陽重工業の社長だからこそ、やりかねないんですよ。いいですか。冬木調査団の団長が殺され、その犯人が構成員の一人だとなったら、どうなりますか、調査団の信用はゼロになってしまうに決まっている。公害なしの報告を期待している佐伯にとっては、大きな痛手ですよ。下手をすれば、企業への不信にまで発展しかねない。そうなったら、どんな手段を使ってでも、阻止しようとするのが、企業というものですよ」

「――」

「まさか、警察は、相手が政府の調査団だからとか、企業のお偉方だからという理由で、手心を加えるようなことはしないでしょうね？」

「われわれは、正義のためにだけ、行動するのです。どんな権威にも束縛されませんよ」

「じゃあ、正義を実行して下さい。吉川先生を一刻も早く釈放し、真犯人の香取昌一郎を逮捕するのが、正義というものですよ」

「――――」

警部補は、返事をせず、腕を組んで、唇を嚙みしめていた。

中原は、日下部を促して、警察署を出た。

外へ出て、貸オートバイの置いてある場所に向かって歩きながら、日下部が、

「警察は、香取を逮捕すると思うか？」

と、中原に訊いた。

「わからないな」

と、中原はいった。

「弁護士の君にも、わからないか」

「役人は、自分の誤りを認めたがらないものだし、刑事や検事も役人だからな。だが、あの警部補に良心があれば、さっきのことを、検事に伝えてくれるだろうし、香取昌一郎を

訊問するぐらいのことは、してくれる筈だ」

中原は、それだけでも、してくれればいいと考えていた。ただ、それは、マスコミが注視している今日中にやって貰わなければならない。

「僕は、ここへ残るよ」

と、日下部は、オートバイに手をかけてから、気を変えて、中原にいった。

「警察が、君のいうように動くかどうか、この眼で見張っていたいんだ。特ダネものだからな」

「警察が動くようだったら、旅館の方へ連絡してくれ」

と、中原は、日下部に頼んでから、旅館へ引き返した。

2

その日下部から、吉川の釈放が決まったと知らせてきたのは、昼頃だった。正確にいえば、十二時四十分だったが、この場合に、そんな時間の正確さは、たいして重大ではない。

中原が、ほっとしたのは、冬木調査団や、ジャーナリストたちが、まだ錦ヶ浦にいる間に、吉川が釈放されたことだった。敗北続きだった中原たちにとって、やっと勝ち取った最初の勝利だった。敗北が、ジャーナリストによって、世間に宣伝された以上、勝利の方も、宣伝して貰わなければならない。

中原は、伊丹や京子と一緒に、警察署まで出迎えに行った。

館林と、生徒たちも来ていた。が、生徒たちの方は、まだ、全学同盟休校の余波が尾を引いているらしく、堅い表情の者が多かった。ヘルメットをかぶっている者もいた。

新聞記者たちも集まっていた。

中原たちは、三十分近く待たされた。

吉川の釈放は決定したのに、やはり、お役所仕事というやつで、書類や何かで、手間がかかるらしかった。

待っている間、生徒たちは、拳《こぶし》をふりあげ、わめくようなシュプレヒコールを繰り返していた。中原は、ふと、不安に襲われた。吉川が釈放されたあと、あの生徒たちは、元の地道な公害調査に戻るだろうか。

やっと、吉川が、釈放されて出て来ると、一斉にフラッシュが焚かれ、マイクが突きつけられた。

中原は、記者たちが、公害問題について質問してくれることを期待した。そうなれば、吉川は、冬木調査団の調査の欺瞞性を鋭く突いてくれるだろう。そして、それは、新聞という新聞に載る筈だ。

だが、記者たちの質問は、釈放されてどんな感じかとか、冬木亜矢子とはどんな関係かといった、全く個人的な問題に集中し、公害問題に触れた質問は、一つもなかった。

「公害殺人」と名付けたのは、確か、彼等だった筈である。それなのに、その肝心の問題が欠落しているのは、記者たちの頭の中で、すでに、錦ヶ浦の公害問題は、終わってしまっているのかも知れない。

（まずいな）

と、思い、舌打ちをした中原は、質問を終わって散りはじめた記者たちの前に飛び出して行った。

「一寸待って下さい！」

と、中原は、大声で叫んだ。新聞記者たちがふり返った。

「あなたたちに、ニュースを差し上げましょう」

と、中原は、彼等の顔を見渡した。

「ニュースって何だね？」

と、記者の一人が、甲高い声で訊く。中原は、小さく咳払《せきばら》いをした。

「今、吉川先生は、釈放されました。彼が無実なら、真犯人がいなければならない。その真犯人の名前を、皆さんに教えて差し上げたいと思うのですよ」

「真犯人だって?」

記者たちの間に、ざわめきが起きた。伊丹と京子が、心配そうに中原を見ている。

中原は、「そう。真犯人です」と、記者たちにいった。

「誰だい? そりゃあ」

「冬木調査団の一員である香取昌一郎です」

「香取だって?」

前よりも、もっと大きなざわめきが、記者たちの間に生まれた。

「証拠は?」

「動機は?」

「何故、香取が真犯人だとわかるんだ?」

質問が、次々に飛んで来た。

中原は、両手を広げて、記者たちを制するようにしてから、

「今、ゆっくり説明しますよ」

と、いった。

中原は、今までに調べたことを、冬木亜矢子に関する部分だけは除いて、記者たちに、

ぶちまけた。

「これは、全て事実です。もし、疑いを持たれるのなら、警部補のところへ行って、今、僕がいった公害日誌を見せて貰いなさい。最後の頁に、ちゃんと、死んだ冬木教授が書いている、慚愧《ざんき》に耐えないと。冬木教授は、中間報告の誤りを認めていたんです。それが、今度の殺人事件の根本原因です」

「今、話したことは、あんたが、全部責任を持つんだね？」

記者の一人が訊く。と、中原は、大きく肯いて見せた。

「僕が責任を持ちます」

「あんたの談話として発表していいんだね？」

「勿論、それで結構ですよ」

と、中原はいった。

記者たちは、一斉に散って行った。警部補に会うために、警察署へ飛び込む者もいれば、ホテルへ向かって駈けて行く者もいた。

中原たちだけが、取り残された。

生徒たちは、吉川を囲んで、シュプレヒコールでもやるつもりだったらしいが、意外な事のなりゆきに、ポカンとしてしまっている。

京子が、心配そうに中原を見上げて、

「先生。あんな思い切ったことをおっしゃってしまって、大丈夫なんですか？」

と、訊いた。中原は、微笑した。

「大丈夫だよ」

「でも、香取昌一郎に告訴されたら、どうなさるつもりなんです？」

「それこそ、望むところさ」

と、中原はいった。虚勢ではなかった。香取が、名誉毀損で訴えてくれれば、その裁判の過程で、錦ヶ浦の公害調査の実態を明らかにできると思っていた。

だが、香取は、新聞で叩かれても、ニュース提供者の中原を、告訴しないだろう、と考えていた。敵は、あくまでも、佐伯大造なのだ。佐伯は、絶対に告訴しないし、香取にもさせないだろう。そんなことをすれば、太陽コンツェルンに傷がつくと知っているからだ。

（だが、佐伯は、ただ黙って、一方的な守勢に立ってはいまい）

とも、中原は思った。しかし、佐伯大造が、どんな手を打ってくるかとなると、中原にも、想像がつかなかった。

「貴方には感謝しますが――」

と、吉川が、中原を見た。

「貴方の今のやり方には賛成できません」

「そうでしょうね」

と、中原は、微笑した。腹は立たなかったし、むしろ、吉川の飾りのない態度に、改めて、好感を持ったくらいだった。

「貴方は、これからどうします？」

と、中原が訊くと、吉川は、同僚の館林や、生徒たちに、眼をやってから、

「もう一度、やり直しますよ」

「もう一度？」

「そうです。僕が釈放されたんで、生徒たちも落ち着くと思います。だから、三年間続けてきた調査を、明日からまた再開するつもりです。公害反対を叫ぶには、基礎になるものが必要ですからね」

「確かに、そのとおりですよ」

と、中原は、肯いてから、「ただ」と、つけ加えた。

「ただ、今度の場合、相手は太陽コンツェルンであり、佐伯大造です。最後には、地道な調査が物を言うとしても、相手が、力でねじ伏せようとして来たときは、こちらも、牙をむかなきゃならない。その役目を、僕が引き受けただけのことです」

「僕は、貴方が、傷つかないかと、それが心配なんですよ」

と、吉川がいった。中原は、ニヤッと笑って見せた。

「こう見えても、僕は、相当な狸《たぬき》ですからね。めったなことじゃあ、傷つきませんよ」

3

旅館へ戻った中原に、日下部が、その後の状況を知らせに来てくれた。それは、中原の投げた石が、どんな波紋を描いたかということだった。

「新聞記者たちが押しかけたときの、香取の驚きぶりを、君に見せたかったな」

と、日下部は、中原に笑って見せた。

「彼は、怒ったろう?」

「最初は、眼をシロクロさせたよ。とにかく、質問の十字砲火を浴びたからね。貴方を冬木教授殺しの真犯人だという人がいるが本当か? 佐伯大造に自分を売り込んだというのは本当か? 帰京するとアメリカ留学が待っているというのは本当か? エトセトラ、エトセトラとね」

「香取は、全部、否定したろう?」

「ああ。真っ赤になって否定したよ。それから、君を告訴するといきまいた」

「ほう」

と、中原は、笑った。

「ぜひ、香取に告訴して貰いたいね。法廷で、あの男と会ってみたいからね」

「それは、望みないな」

「何故？　香取は、僕を告訴するといきまいたんだろう？」

「ああ、だが、記者たちが、本当に告訴するのかときいたら、急にあいまいな表情になって、告訴は、あまりにも大人気ないから、やめるといい出したんだ」

「そいつは、残念だな」

「とにかく、香取は、ビクビクしている。一生懸命に虚勢を張っているが、相手が、海千山千の新聞記者だから、見すかされていたよ。それで、いよいよ、香取が真犯人らしく見えてきたと、記者連中は、話してる」

「警察は、香取を逮捕しそうかい？」

「逮捕にふみ切るかどうかはわからないが、香取に対して、疑いを持ちはじめたのは確かだな」

「まだ、疑いを持ちはじめた段階か」

「あの警部補は、今、ジレンマに落ち込んでいるんだよ。吉川を釈放した以上、面子《メンツ》にかけても、真犯人を見つけ出さなければならない。今のところ、香取昌一郎が一番怪しい。だが、香取を逮捕するのは、君のいう通りになったようで、これも面子が立たない。それで深刻なジレンマというわけだ」

「面子か」

と、中原は、苦笑してから、

「結局、警察は、どっちの面子を立てようとするかな？」

「そりゃあ、真犯人逮捕の方さ。君に対する方は、いわば、警部補の個人的な面子だが、犯人逮捕の方は、警察全体の威信に関係してくるからね。もたもたするだろうが、結局、香取を逮捕することになるんじゃないかな」

「一刻も早く、逮捕にふみ切って欲しいよ」

と、中原は、いった。

勿論、香取昌一郎に対する嫌悪感もある。ああいうエゴイスティックな男は、絶対に許せないという気持だ。だが、それ以上に、中原は、香取が逮捕されることによって、佐伯大造との間の裏取引きが、明るみに出ることに期待を持っていた。

中原が、それを口にすると、日下部は、ニヤッと笑って、

「その点は、警察がやらなくても、われわれジャーナリストが、徹底的にやってやるよ。今頃、東京じゃあ、各社の記者が、君のいったS大の教授や助手のとこへ押しかけているよ」

「そうか」

中原は、微笑した。あるいは、警察の追及より、新聞に書き立てられる方が、佐伯大造には手痛いかも知れない。

「だが、おかしいな」

と、中原は、笑いを消して、首をかしげた。

「おかしいって、何のことだ？」

と、日下部が訊いた。

「佐伯大造のことさ。錦ヶ浦のコンビナートは、いわば、太陽コンツェルンのコンビナートみたいなものだ。だから、事件の推移は、逐一、東京の佐伯大造に報告されている筈なんだ」

「そりゃあ、そうだろう」

「それなのに、何故、佐伯は、じっと動かずにいるんだろう？　それが不可解なんだ。吉川は釈放されるし、佐伯に冬木を売り込んだ香取が、今度は、逮捕されようとしている。

君たち新聞記者が、不正の事実を嗅ぎ回っている。佐伯にとって、事態は憂慮すべきものである筈だ。それなのに、何故、佐伯は、動かずにいるんだろう？」

「下手に動くと、かえってボロを出すと思って、自重しているんじゃないか」

と、日下部は、笑ったが、中原は、難しい顔のまま、

「佐伯は、そんな男じゃないよ」

と、いった。

中原は、東京で会った佐伯大造の顔や、やりとりした言葉を思い出していた。あの男は、決して、逃げないだろうし、企業防衛のためなら、どんなことでもする男だ。

あの男が、何故、この時期に、手をこまねいているように見えるのだろうか。

ふと、不安が、中原を襲った。佐伯大造は、すでに、何等かの手を打っているのではないだろうか？

戦うことが、怖いわけではなかった。中原が不安なのは、こちらの打つ手が、恐らく、全部、佐伯に知らされているに違いないのに、佐伯の動きが、全くつかめないことだった。

「もう一度、一緒に警察へ行ってくれないか」

と、中原は、日下部にいってから、伊丹と京子の二人には、町の様子を見て来てくれと頼んだ。

中原と、日下部は、初夏を思わせる陽射しの中を、オートバイで警察署へ向かった。リアシートで揺られながら、中原は、腕時計に眼をやった。一時を回ったところだった。二時間後の三時に、町民会館で、冬木調査団が、別れの挨拶をする。それまでに、警察は、香取を逮捕してくれるだろうか。

漁民たちだけは、相変わらず、何の関係もなさそうに、錦ヶ浦湾に、船を出していた。

警察署の前に着いたとき、オートバイを運転していた日下部が、「おや」という声を出した。

「何かあったらしい」

と、日下部は、オートバイを止めると、警察署の中へ飛び込んで行った。中原も、そのあとに続いた。

警察署の中は、新聞記者たちで一杯だった。中原は、その中に、まぎれ込んだ。

例の警部補が、ゆっくりした足取りで、記者たちの前に出て来ると、緊張した顔で、

「皆さんにお集まり頂いたのは、冬木教授殺害の犯人について、さまざまな噂が流れていて、その噂がエスカレートした気配があるからです。もう、犯人について、いろいろと取《と》り沙汰《ざた》する必要はなくなりました」

「ということは、真犯人を逮捕したということ？」

記者の一人が訊く。「そうです」と、警部補は肯いた。

「真犯人を逮捕しました」

「ほう」

という溜息が、記者たちの間に広がった。

「勿論、逮捕されたのは、香取昌一郎でしょうね？」

と、記者が訊く。

「いや」

と、警部補は、首を横にふった。

「違うの？」

「じゃ、一体、誰なんです？」

記者たちが、ざわめき出し、質問が一斉に飛んだ。警部補は、手で制してから、

「浦野八郎という男です」

と、いった。

聞いていて、中原の顔が蒼ざめた。浦野八郎などという名前は、初めて聞いた。何かおかしい。

「そいつは、一体、何者なんです？」

記者の中から、当然の質問が飛んだ。記者たちにとっても、初めて聞く名前なのだろう。

警部補は、メモに眼をやった。

「三十五歳。石油経済という業界紙をやっている男です。住所は、東京都港区六本木」

「じゃあ、東京で逮捕されたんですか？」

「いや。三十分ほど前に、ここへ自首して来たのです。訊問した結果、真犯人に間違いないだろうということになりました」

「業界紙の人間が、何故、冬木教授を殺したんですか？」

「彼の自供によれば、こうです。浦野は、太陽石油《サン・オイル》を脅して金をせしめようと日頃から考えていた。錦ヶ浦で公害騒ぎが起きると、これこそ、絶好のチャンスと思ったが、冬木調査団が派遣されて、公害なしの中間報告を、冬木教授がやった。これでは、太陽石油《サン・オイル》を脅かすことができない。それで腹を立てた浦野は、ここに乗り込んで来て、あの夜、冬木教授を脅かしたのです。ところが、冬木教授は、うんといわない。それで、塩水を作って殺したといっています」

「その男に会わせてくれませんかねえ」

「まだ、取調べが続いていますから、その後で会わせますよ」

(嘘だ)

と、中原は、思った。浦野八郎という犯人は、恐らく、作られた犯人だ。彼には、警部補に質問したいことが、いくらでもあった。本当に、その男が真犯人だと思っているのか？　食塩の瓶に、その男の指紋はあったのか？　だが、記者でない中原には、質問は許されない。

中原は、胸がむかついてきて、警察署の外へ脱け出した。

（佐伯大造だ）

と、思った。彼の手が回されたに違いない。

恐らく、浦野八郎という業界紙の男には、日頃から、佐伯が金を与えていたのだろう。今度は、浦野が、その恩義に報いたというわけか。勿論、事件の夜のアリバイは、ちゃんとあるに違いない。公判になれば、きっと無罪を主張して、引っくり返すだろう。いくら金を貰っていても、殺人犯になるとは思えないからだ。

佐伯には、それで十分なのだ。香取に向けられた疑惑の眼を、一時的にでも、浦野八郎という男に向けてしまえば、あとは、どうにでもなるからだ。

旅館に戻った中原を、もう一つのニュースが待ち受けていた。町の様子を調べに行っていた伊丹と、京子が知らせてくれたものだった。

「佐伯大造が、錦ヶ浦に乗り込んでくるぞ」

と、伊丹が、大きな声でいった。

4

「何だって？」

と、中原は、眼をむいた。

「佐伯が、乗り込んでくるんだ」

伊丹は、同じ言葉を繰り返した。

「いつだ？」

「今日だ。さっき、町役場へ行ったら、『歓迎』という大きな看板を作っているんだ。それで、何の歓迎かと聞いてみたら、今日、佐伯大造が来るというんだよ」

「本当なのか？」

まだ、半信半疑で、中原が訊くと、伊丹は、

「おれも、最初は信じられなかった。だから、太陽石油《サン・オイル》に回ってみたんだ。そしたら、こっちは、馬鹿でかい歓迎アーチを作製中だったよ。間違いない。佐伯が乗り込んでくる」

「時間は？」

「午後二時だといっていた。表向きの理由は、太陽石油《サン・オイル》の錦ヶ浦進出三周年を祝してということらしいが、今、ここの仲居に聞いたら、丸三年には、だいぶ月日が足りないんだ。だから、今度の事件の収拾に乗り込んでくるのだと見ていい」

「他には考えられないよ。すでに、佐伯は、警察の方にも手を打っているんだ」

と、中原は、警察署での出来事を、伊丹と京子に話した。

伊丹は、「成程ね」と、肯いた。

「金さえ使えば、殺人事件の犯人も作り出せるというわけか」

彼の言葉には、明らかに、怒りがこもっていた。

「佐伯大造の方だが、町は、彼を歓迎しそうな様子かね?」

と、中原が訊いた。

伊丹は、肩をすくめて、

「残念だが、歓迎するだろうね。町役場では、町をあげて大歓迎するといっている。それに、立派な町立病院も佐伯の寄贈だからね。錦ヶ浦高校の生徒ぐらいが、反対するかも知れないが、昨日の警察署襲撃で、幹部が逮捕されちまったから、大した動きはできないと思うね」

「そういえば、冬木調査団のお別れの挨拶は、三時の予定だったでしょう?」

と、京子は、確認するように、中原や伊丹の顔を見てから、

「ひょっとすると、佐伯は、それに出席して、何か演説をぶつつもりなんじゃないでしょうか」

「可能性はあるよ」

と、中原はいった。いや、十中八、九、佐伯は、町民会館で、住民を前に演説するに違いない。強引に、相手を自分の思う方向へ引っ張って行くのが、佐伯のやり方だからだ。

午後二時が近づくと、商店街には、「歓迎・佐伯大造先生」の大きな垂れ幕が下がった。

電柱や、塀には、学生たちが、ベタベタとビラを貼ってしまっていたが、町役場の職員や、太陽石油《サン・オイル》の社員が、総動員で、歓迎のビラを、その上に重ね貼りしていた。錦ヶ浦を、歓迎一色に塗りつぶす気のようだった。

町役場の広報車も、佐伯が来ることを知らせるために、町中を走り回った。

そして、午後二時。

佐伯大造は、太陽重工業の大型ヘリコプターに乗って、錦ヶ浦に乗り込んできた。

学生たちの過激な行動を心配して、県警機動隊が、ヘリコプターの着陸地点を取り巻いたが、学生たちは現われなかった。

中原は、伊丹や京子と一緒に、佐伯を見に出かけた。

冬木調査団のときは、埠頭を着陸点に使ったが、今度は、町民会館前の広場だった。警官と住民、それに、日下部たち新聞記者の見守る中を、メタリックブルーの大型ヘリコプターが、轟音《ごうおん》と風をまき散らしながら、ゆっくりと舞いおりてきた。

着陸し、ドアが開くと、佐伯大造が、若い秘書を従えて、颯爽《さっそう》と、姿を現わした。

モーニング姿で、直立不動の姿勢をとっていた町長が、いきなり、馬鹿でかい声で、「万歳！」と叫んだ。すると、人々の間に、「万歳！　万歳！」の声があがった。

佐伯は、満足そうに歓迎陣を見回し、手をふった。

和服姿のミス・錦ヶ浦が、佐伯に花束を渡した。

そのあと、佐伯を取り巻いた人々の輪は、錦ヶ浦ホテルへ向かって、ゆっくりと動き出した。

中原は、釣られて歩き出したが、すぐ、立ち止まってしまった。自分まで、佐伯大造を歓迎する必要はないと思ったからである。

広場に集まっていた人々の群れは、波がひくように消えて行き、ヘリコプターだけが取り残された。伊丹と京子も、ホテルまでついて行ってしまったらしい。

中原が、苦笑して、煙草に火をつけたとき、小走りに走ってくる人影が見えた。暑いくらいの陽射しなのに、レインコートを着、その襟を深く立てていた。そのために、顔がはっきりしなかったが、その人影が、ヘリコプターに近づいたとき、誰だかわかった。

香取昌一郎だった。

彼が、逃げるように、ヘリコプターに乗ろうとするのを、中原は、

「おい、待てよ」

と、呼びとめた。

香取が、ぎょっとしたように、ふり向いた。その顔は、いつもの、あの健康さを失い、蒼ざめているように見えた。

「逃げるわけかね？」

と、中原は、いった。

「逃げる？　馬鹿な。ただ、調査団より一足先に東京へ帰るだけだ」

香取は、胸をはっていった。中原は、苦笑した。

「佐伯大造の命令でだろう。まるで、佐伯の犬だな」

「僕は、自分の意思で、東京へ帰るんだ。誰の命令でもない」

「それなら、君の意思で、ここにとどまれるかね？」

「君に命令されるいわれはない」

「早く乗って下さい」

と、ヘリコプターの操縦士が、促した。

「君にいっておくが」と、中原は、香取に向かって、指先を突きつけるようにして、強い声を出した。

「君は、もう終わりだ。佐伯の力で、一時的に逃げられても、いつか君は、殺人犯として逮捕されるからな。佐伯も、利用価値のなくなった君には、もう鼻も引っかけないだろう。君を東京に逃がすのも、君のためを思ってのことじゃない。君のヘマのために、太陽コンツェルンに、少しでも傷がつくのが嫌だからだ。だから、佐伯は、自分の企業を守るために、君を消すことだってするぞ。消されないように用心するんだな」

「――――」

香取は、何か叫んだ。が、その声は、回転翼が回りはじめたために、かき消されてしまった。

香取は、蒼ざめた顔のまま、そそくさとヘリコプターに乗り込んだ。巨大なヘリコプターは、香取を呑み込むと、鈍重なエンジンの響を残して舞い上がり、次第に小さくなっていった。

あの男も、もう終わりだなと、中原は思った。だが、錦ヶ浦の公害問題は、まだ、何一つ終わっていない。

5

いったん錦ヶ浦ホテルに入った佐伯大造は、午後三時から、町民会館で開かれた冬木調査団の別れの挨拶に参加した。

考えてみれば、おかしな話だった。表面上は、あくまでも、冬木調査団は、通商局の依頼で錦ヶ浦に調査に来ている筈である。太陽重工業とも、佐伯大造とも無関係の筈である。だから、調査団のために開かれた会に、佐伯が割り込んでくるのも不思議なことなのだが、誰も、それを、不自然とは思っていないようだった。

裏を返していえば、冬木調査団が、企業にベッタリ密着していることを、誰もが、理屈でなく、肌で感じとっていたことになる。

町民会館は、満員だった。

中原は、伊丹たちと一緒にホールに入った。

最初に気がついたのは、漁師たちの顔が見えないことだった。アカネエビのことで、漁民は頭が一杯で、調査団の挨拶や、佐伯の挨拶を聞くどころではないのだろう。

調査団の挨拶には、樋口教授が、立った。彼は、マイクの前へ立つ際、主賓席の佐伯に向かって一礼した。これも、考えてみれば、おかしなことだが、誰一人、笑いもしなかったし、首をかしげもしなかった。

「われわれは、これから東京に戻って、最終報告書を作成し、通商局に提出することになっております」

樋口教授は、ゆっくりと喋った。

「その最終報告書が、どんなものになるかを、ここで申しあげるわけには参りませんが、亡くなった冬木教授は、かつて、この壇上で、錦ヶ浦に公害はないと断言されました。あの中間報告は、科学的な真実であると、今も、私は確信しております。

われわれは、一週間以上、ここに滞在して、調査に当たって来たわけでありますが、もし、一部の人たちがいわれるように、錦ヶ浦が公害によって汚染されているのであれば、さして頑健でない私は、今頃、顔色は蒼ざめ、気息えんえんとしているに違いありません。ところが、私は、ご覧のとおり、すこぶるいい血色をしております。気分は爽快であり、体重は、一週間で五キロも増えました。恐らく、空気が美味く、魚が新鮮なせいでありましょう――」

突然、主賓席にいた佐伯大造が、拍手をした。傍若無人な手の叩き方だった。町長をはじめとする町の有力者たちは、一瞬、ポカンとしていたが、あわてて、ばらばらに拍手をはじめた。

中原が驚いたことに、聴衆まで、それに合わせて、拍手をした。

中原は、人々の顔を見回した。この人たちは、どんな気持で、拍手したのだろう？

錦ヶ浦には、明らかに公害が発生しているのだ。そんなことは、茶褐色に汚れ、廃油の浮かんでいる海を眺めただけで、子供にもわかる筈だ。ここに暮らしている住民が、それを知らない筈がない。それなのに、樋口教授のデタラメとしかいいようのない挨拶を、黙って聞き、それどころか、佐伯大造に合わせて、拍手までしている。

何故、佐伯に迎合なんかするのだ？　こんな事なかれ主義の住民のために、吉川たちは、黙々と、三年間も公害調査をしているのか？

中原は、次第に、腹立たしくなって来た。中原や吉川たちが、公害の実態を明るみに出すことに成功したとしても、ここの住民は、何の関心も示さないのではあるまいか。もしそうだとすると、吉川や生徒たちは、何のために、誰のために地道な戦いをしているのだろう？

樋口教授の長い挨拶が終わったところで、司会役の町長が、マイクを取り、

「では、ここで、太陽重工業社長、佐伯大造さんに、挨拶して頂くことに致します」

と、やや、甲高い声でいった。町長は、緊張し切っていた。無理もないと、中原は思っ

た。この町の財政は、コンビナートにおんぶし、そのコンビナートのボスは佐伯大造なのだ。

拍手が、ホール一杯を蔽《おお》った。

中原は、腕を組み、マイクの前に進む佐伯の顔を見つめていた。

佐伯は、自信満々に見えた。彼は、聴衆に向かって、手を振った。また、大きな拍手が起きた。

佐伯は、まるで、聴衆を支配してしまったように見えた。

佐伯は、まず、さらりとした調子で、冬木教授の死を悼み、調査団の活躍を賞賛したあと、いくらか、声を大きくして、

「私どもの太陽石油《サン・オイル》が、ここに進出して以来、早いもので、すでに三年になります。おかげさまで、順調な歩みを見せております。また、新太陽化学も、ここに工場を建設して以来、業績をあげております。私は、前々から、錦ケ浦の皆さまに、何か、お礼を差し上げなければならないと、考えていました。前に、町立病院建設に際して、ささやかな寄付をさせて頂きましたが、働いて下さっている皆さまのために、病院を建てるのは、企業家としては、当然の義務でありまして、お礼というのが、おこがましいことだと思っておりました。それで、皆さまに、何をして差し上げたらいいか、いろいろと考えて参ったのです

が、先日、私は、一つのことを思い当たったのです」

佐伯は、聴衆に向かって、ニッコリと笑いかけ、ゆっくりと、水を口に運んだ。

「それは、どういうことかと申しますと、一番大切なのは、私どもの企業で働いて下さっている皆さまなのだという平凡なことなのであります。皆さまこそ、私どもにとって、何ものにも代えがたい宝なのです。それに、働く人々、特に、家庭をお持ちの方々の最大の関心事は、お子さんの教育だということも聞きました。そこで、私は、太陽石油《サン・オイル》の進出三周年を記念して、ポケットマネーから、皆さまの、あるいは皆さまのお子さんの育英資金を出させて頂きたいと考えたのです。これが、そのささやかな小切手であります」

佐伯は、内ポケットから小切手を取り出して、眼の前にかかげて見せた。

「金額は、僅《わず》か二億円でございます」

その瞬間、会場内に、「おお」というどよめきが生まれ、それは、忽《たちま》ち、嵐のような拍手に変わった。

佐伯は、満足そうに、ニッコリと笑い、町長を手招きすると、その小切手を渡した。

町長は、それをまた、聴衆に向かって、かかげて見せてから、

「佐伯さんへの感謝をこめて、これを、佐伯育英資金と名付けたいと思いますが、いかがでしょうか？」

と、甲高い声でいった。

また、ホールは、拍手に包まれた。

中原は、隣の席にいる伊丹と、顔を見合わせてしまった。

「佐伯は、二億円で、住民の気持を買った気でいるらしい」

と、中原がいうと、伊丹は、肩をすくめた。

「二億円なんて安いものさ。公害地区と認定されて、住民が騒ぎ出せば、企業は、公害防止や、補償に、十億、二十億とかけなきゃならなくなるんだからな」

「それに、育英資金なら、いつまでも、佐伯大造の名前が残るからね。また、この町のどこかに、彼の銅像が立つんじゃないか」

中原は、皮肉をいったが、佐伯大造に押されっ放しになっている感じは、否定できなかった。佐伯は、錦ケ浦に乗り込んで来て、忽ちの中に、住民の心をつかんでしまったのだ。

「それからもう一つ」

と、佐伯は、壇上で、ダメを押すようにいった。

「太陽石油《サン・オイル》の一部が爆破された際、皆さまに、いろいろと、ご迷惑をおかけしたと思います。原因は、一人の狂人の行動にありますが、だからといって、私は、責任を回避しようなどとは、思っておりません。皆さまの中に、あの事故で、少しでも損害を受けられた方がおられましたら、遠慮なく、お申し出ください。どんな小さな損害でも、弁償させて頂きたいと思っております」

佐伯は、それだけいうと、壇上にいる太陽石油《サン・オイル》の重役を指さして、

「おい、君」

と、声をかけた。

「これは、私の命令だから、絶対に実行したまえ」

「はい」

と、太陽石油《サン・オイル》の重役は、椅子から、バネ仕掛けのように立ち上がって、肯いた。

中原の眼から見れば、下手くそな芝居なのだが、聴衆の間には、感動の色さえ浮かんだ。錦ヶ浦の住民にとっては、佐伯大造は、あくまでも「偉い人」であり、その偉い人が自分たちのことを、これほど考えてくれていると感動したのだろう。中原は、焦燥の深まるのを感じた。

「出よう」

と、中原は、伊丹や京子に声をかけた。これでは、まるで、佐伯のワンマンショーを見せられているようなものだ。

三人は、町民会館を出た。ホールでは、また拍手と歓声があがっている。

「やられたな」

と、伊丹が、肩をすくめた。

「あたしは、この町の人たちに、腹が立って仕方がなかったわ」

と、京子は、眉をしかめた。

「本当なら、住民は、佐伯大造を告発しなければいけないんでしょう？ そうでしょう？ 先生。それなのに、たった三億円ぐらいの餌を与えられただけで、一斉に尻尾《しっぽ》をふるなんて、あたしは、この町の人たちに失望しましたわ」

「――――」

中原は、黙って、煙草を取り出して火をつけた。

彼も、腹が立っていた。ここの住民は、人がいいのだということもできる。だから、その人の良さが、公害を許しているのだともいえる。このままでは、梅津ユカの裁判に勝つことも、ほとんど不可能だろう。その土地の住民の支持なしに、公害裁判に勝つことは、できる筈がないからである。

三人は、旅館に向かって歩き出した。桟橋の近くまで来たとき、反対側から歩いてくる吉川と館林に会った。

二人の高校教師は、布の大きな袋に、小さな空瓶を沢山入れて持っていた。

吉川は、もう元気を取り戻していた。彼は、明るい顔で、中原たちに挨拶し、これから、館林と二人で、錦ヶ浦湾の水質検査に行くのだといった。

「一日でも、空白を作るのは嫌ですからね。それに、あと、二、三日もすれば、生徒たちも、同盟休校を解いて、学校に帰って来ます。また、一緒に、公害調査を続けてくれますよ」

吉川のいい方は、中原には、楽観的に過ぎるように聞こえた。

「今、町民会館で、何が行なわれているか、知っていますか？」

と、中原は、堅い声で、吉川に訊いた。

吉川は、同僚の館林と顔を見合わせてから、

「知っていますが、僕たちには興味がありませんね」

と、微笑した。

中原は、また、焦燥を覚えた。

「しかし、この町の人たちは、佐伯大造に拍手を送っているし、公害に無関心ですよ。こんな空気の中で、地道な調査を続けていくことに、果して、意味があるんでしょうかねえ？」

「あなたの苛立たしい気持は、よくわかりますよ」

と、吉川は、いった。

「それに、僕たちが、ひどく、呑気《のんき》に見えるかも知れません。しかし、公害調査は続けなければならないんです。誰かがやらなければならない仕事ですからね」

「しかし、肝心の住民が、何の関心も示してくれないのでは、意味がないじゃありませんか?」

中原が、疲れた声でいうと、吉川は、誠実な表情で、肯いた。

「確かに、今は、意味がないかも知れません。しかし、町の人たちが、公害意識に目覚めたとき、公害の記録が何もなかったら、大変です。その日のために、僕たちは、調査を続けているんです」

「それに、他にやることもありませんわ」

と、館林が、のんびりした声でいった。

中原が、何かいい返そうとしたとき、彼等の背後で、急に、ブラスバンドの音が聞こえた。

6

中原たちは、町民会館の方に眼をやった。軽快なマーチの音楽が聞こえてくる。二、三

人の子供が、

「パレードだ」

と、叫びながら、走って行った。

確かに、パレードだった。

十人ほどのブラスバンドを先頭に、車の列が、こちらに近づいてくるのが見えた。

人々が、家から道に出てきた。子供たちが歓声をあげている。

キンキラのユニホーム姿のブラスバンドの後ろには、五台のオープンカーが続いていた。

車に分乗しているのは、佐伯大造や、町の有力者たち、それに、冬木調査団の教授たちだった。

中原は、呆然《ぼうぜん》として、そのパレードを眺めていた。

この町に、オープンカーがあったろうか。それも、五台もである。恐らく、佐伯大造が用意させたのだろう。その用意周到さに、中原は、呆然とした。

佐伯は、オープンカーの上に立ち上がり、道の両側の人々に向かって、にこやかに手をふった。町の人たちの多くは、テレビタレントでも見るような眼で、佐伯大造を眺めていたが、手をふったり、拍手を送る人もいた。

佐伯の顔は、満足気だった。

勝利のパレードでもしている気でいるのかも知れない。

冬木調査団の教授たちは、さすがに、照れ笑いをしている者が多かったが、佐伯と一緒にパレードしていることには、何の抵抗も感じていないように見えた。これが、学者の体質なのか、それとも、どこかで、良心が麻痺《まひ》してしまっているのか。ひょっとすると、この教授たちの一人が、死んだ冬木の代わりに、太陽重工業の研究所長に迎えられるのかも知れない。さしずめ、樋口教授あたりが、その候補だろう。

急に、中原たちの頭上で、花火が、景気よく鳴りひびいた。

「太陽コンツェルンは、花火も作っているのかねえ」

と、伊丹は、皮肉をいったが、その声には、彼らしいいつもの元気がなかった。

中原は、次第に、敗北感が、深く喰い込んでくるのを感じた。

このままでいけば、梅津ユカの裁判での敗北は必至だろう。それとも、この町の住民の自分や吉川や、館林のやり方が、生ぬるかったのだろうか。それとも、中原自身にも、無関心さのせいなのか、それとも、佐伯大造の力が強かったせいなのか。中原自身にも、敗北の原因がつかめなかった。もっとも、吉川と館林は、自分たちが負けたとは思っていないようだが。

佐伯たちのオープンカーは、自分たちの勝利の味をかみしめでもするみたいに、ひどくゆっくりと、中原たちの前を通過して行く。

「また、腹が立って来ましたわ」

と、京子が、口を尖《とが》らせて、中原にいった。

「他所者《よそもの》のあたしたちが、こんなに、この町のことを心配しているのに、肝心の町の人たちは、加害者の佐伯に拍手してるんですもの。ナンセンスもいいところですわ。あんなに海を汚されているんだから、漁師が一番激しい怒りを持っているのかと思えば、これも、まるっきり逆で、インチキ調査に万歳を叫ぶんだから、この町って、一体、どうなってるのかしら」

京子は、憤懣《ふんまん》やる方ないという表情だった。

中原は、苦笑して、「これが現実というものさ」と、いった。

生活のかかっている人間は、正義か否かより、利害で動くものだ。学生が純粋に行動するのは、彼等が、真の意味の生活者でないからだろう。だから、家庭を持っている人間や、生きることに必死な漁民たちに、純粋な怒りを持てというのは、酷かも知れない。それはわかっているのだが、中原の腹立たしさは、静まらなかった。彼等は、何故、各自のエゴの殻を脱ぎ捨てて、公害が広まりつつある現実を直視しようとしないのか。

「そういえば、いつの間にか、漁船が見えなくなっているね。どこへ行っちまったんだろう?」

と、伊丹が、首をかしげた。

中原は、その声に、海の方に眼をやった。伊丹のいう通り、アカネエビ漁で賑《にぎ》わっている筈なのに、漁船の姿は、一隻も見当たらなかった。

浜に戻っているのかも知れないが、今、中原たちの立っている場所からでは、丁度、死角になって、浜は見えなかった。

「漁師たちも、この歓迎パレードに参加する気で、息せき切って、浜に引き揚げて来てるんじゃないでしょうか」

と、京子が、皮肉をこめていった。

そのとき、行き過ぎたパレードの方向で、喚声があがった。

中原は、また、演出された万歳の叫び声かと苦笑したが、どこかおかしかった。

今まで、賑やかに聞こえていたブラスバンドのマーチが、ぷつんと、途絶えてしまったからである。

また、喚声があがった。ビイッ、ビイッという苛立たしげな警笛が、それに交錯して聞こえた。

人々が、急に駈け出していく。

「何か起きたらしいな」

と、伊丹が、中原を見た。

吉川と館林の二人が、先に駈け出した。

「行ってみよう」

と、中原も、伊丹と京子の二人に向かっていった。

三人は、駈け出した。

佐伯たちのパレードは、二百メートルほど先で、立ち往生していた。

五台のオープンカーは、暴徒に取り巻かれていた。一瞬、そう錯覚したほど、佐伯たちは、手荒く扱われていた。

中原が、一瞬、暴徒と思ったのは、陽焼けした顔の漁師たちだった。

老人もいた。若者もいた。女も混じっていた。彼等は筋張った逞《たくま》しい手で、激しく車をゆすり、佐伯や、調査団の教授たちを小突き、制止しようとする役場の職員を突き飛ばした。

彼等は、口々に叫んでいた。

「アカネエビが、一匹も獲れねえ。どうしてくれるんだ！」

「四日も、五日も海に出て、一匹も獲れないんだよ。どうしてくれるんだよォ！　一家心中させる気かよォ！」

「てめえたちが、海を汚しちまったから、アカネエビがいなくなっちまったんだぞ。車の上でふんぞり返ってねえで、責任を取れ、責任を！」

「東京の偉い先生が呆れるじゃねえか。海は汚れてねえし、魚は大丈夫だと、おれたちを欺《だま》したのはどいつだ？」

怒号が飛び交い、一人の頑丈な身体つきの漁師が、「これを見ろ！」と、バケツに入れてきた海底の泥を、佐伯の乗っている車にぶちまけた。

同乗していたミス・錦ヶ浦が、悲鳴をあげて、車から飛び出してしまった。

ヘドロの臭気が、あたりを蔽った。

「それをよく見ろ！」

と、漁師が叫んだ。

「一日中、網を入れたって、さらえるのは、泥だけなんだ。アカネエビは一匹も入ってねえんだ。一匹もだぞ。どうしてくれるんだ！」

「アカネエビが獲れないのは、赤潮のせいかも知れない」

と、調査団の一人が、蒼ざめた顔でいった。

とたんに、「おれたちを馬鹿にするな！」という怒声が、はね返ってきた。

「ここに赤潮がくるのは、夏になってからだ。大学の先生のくせに、そんなことも知らねえのか」

怒声に、嘲笑が入り混じった。

調査団の教授たちは、こわばった顔で、黙り込んでしまった。町役場の職員たちは、ただ、おろおろしてしまっている。

佐伯大造は、さすがに、ぶぜんとした顔で、口を一文字に結んでいたが、その頬《ほお》のあたりが、ピクピクと小刻みに痙攣《けいれん》していた。

集まった町の人々も、ただ、遠巻きにして、眺めているだけである。

「風向きが変わったみたいだな」

伊丹が、興奮した声でいった。

「素晴らしいわ」

と、京子も、顔を紅潮させた。

「漁民も、とうとう目覚めたのね。新しい出発だわ。この町に、新しい風が吹き込んで来たんだわ」

「――――」

中原は、黙って、荒れる漁民たちを眺めた。

彼は、京子のように、単純に感動はしなかった。確かに、もう、漁民たちは、錦ヶ浦に公害はないとはいわないだろう。だが、京子のいうように、目覚めたからといえるだろうか。少しでもアカネエビが獲れていたら、漁民たちは、今でも、錦ヶ浦に公害はないと、主張しつづけていたに違いない。大きな収入源のアカネエビが全滅したからこそ、漁民たちは、怒り出したのだ。いわば、彼等のエゴイズムが、公害反対に立ち上がらせたのだ。

「正義感じゃなく、漁民のエゴイズムだ」

と、中原が、声に出していったとき、その声が聞こえたとみえて、近くにいた吉川が、ふり向いた。

吉川は、微笑した。

「だからこそ、彼等を信頼できるんです」

と、彼がいった。

この作品は1997年3月徳間書店より刊行されたものの新装版です。

徳間文庫をお楽しみいただけましたでしょうか。どうぞご意見・ご感想をお寄せ下さい。
宛先は、〒105－8055　東京都港区芝大門2－2－1　㈱徳間書店「文庫読者係」です。

徳間文庫

汚染海域《おせんかいいき》

〈新装版〉

2007年5月15日 初刷

著者 西《にし》村《むら》京《きょう》太《た》郎《ろう》

発行者 松《まつ》下《した》武《たけ》義《よし》

東京都港区芝大門二―二―二〒105―8055

発行所 株式会社徳間書店

電話 編集〇三(五四〇三)四三五〇
販売〇四八(四五一)五九六〇

振替 〇〇一四〇―〇―四四三九二

印刷 凸版印刷株式会社

製本 ナショナル製本協同組合

〈編集担当 吉川和利〉

ISBN978-4-19-892605-2 (乱丁、落丁本はお取りかえいたします)